迦陵书系

叶嘉莹
说阮籍咏怀诗

[加] 叶嘉莹 著

中华书局

图书在版编目（CIP）数据

叶嘉莹说阮籍咏怀诗/（加）叶嘉莹著. —北京：中华书局，2024.10（2024.12 重印）. —（迦陵书系：典藏版）. —ISBN 978-7-101-16813-6

Ⅰ. I207.22

中国国家版本馆 CIP 数据核字第 2024A5U784 号

书　　名	叶嘉莹说阮籍咏怀诗
著　　者	［加］叶嘉莹
丛 书 名	迦陵书系（典藏版）
责任编辑	傅　可
文字编辑	蔡楚芸
装帧设计	刘　丽
责任印制	陈丽娜
出版发行	中华书局
	（北京市丰台区太平桥西里 38 号　100073）
	http://www.zhbc.com.cn
	E-mail：zhbc@zhbc.com.cn
印　　刷	北京盛通印刷股份有限公司
版　　次	2024 年 10 月第 1 版
	2024 年 12 月第 2 次印刷
规　　格	开本/880×1230 毫米　1/32
	印张 7　插页 2　字数 146 千字
印　　数	6001-16000 册
国际书号	ISBN 978-7-101-16813-6
定　　价	42.00 元

出版说明

2006年，叶嘉莹先生写毕"迦陵说诗"系列丛书的序言，连同书稿交给中华书局，开启了与书局的合作，至今已历一十八载。在这十数年间，书局先后出版了《叶嘉莹说汉魏六朝诗》《叶嘉莹说阮籍咏怀诗》《叶嘉莹说唐诗》《叶嘉莹说诗讲稿》《迦陵诗词稿》《迦陵讲赋》等十余部作品。这些作品不仅涵盖了先生的学术专著、教学讲义和她个人的诗词作品，也有先生专门为青少年所写的普及读物，是先生一生的学术造诣、教学生涯、人生体悟的全面展现。这些图书在上市之后行销海内外，深受读者喜爱，重印数十次，并经历数次改版升级。其中，《叶嘉莹说唐诗》后因体量较大，拆分成两部——《叶嘉莹说初盛唐诗》与《叶嘉莹说中晚唐诗》。《迦陵诗词稿》则以中华书局2019年增订版为基础，收入叶先生截至2018年的诗词作品，并经作者本人审定。

今年迎来先生百岁诞辰。在先生的期颐之年，我们特将先生在书局出版的作品汇于一系，全新修订，精益求精，采用布面精装，并将更新后的先生年谱附于《迦陵诗词稿》之后，以期为读者朋友们提供一个更加完善的版本。

《楞严经》中有鸟名为"迦陵"，其仙音可遍十方界，因与"嘉莹"音颇近，故而叶嘉莹先生取之为别号。想必此鸟之仙音在世间的投射，便是叶先生之德音。有幸，最初先生讲述"迦陵说诗"系列的录音我们依然留存，并附于书中，虽因年代久远，部分内容或有残损，且因整理与修订幅度不同，录音与文字并不完全吻合，但今天我们依然能聆听先生教学之音，本身便不失为一大乐事。愿此音永在杏坛之上，将古典诗词感发的、蓬勃的生命力，注入国人心田之中。

中华书局编辑部

2024年8月

原"迦陵说诗"系列序言

中华书局最近将出版我的六册讲演集,编为"迦陵说诗"系列,要我写一篇总序。这六册书如果按所讲授的诗歌之时代为顺序,则其先后次第应排列如下:

一、《叶嘉莹说汉魏六朝诗》

二、《叶嘉莹说阮籍咏怀诗》

三、《叶嘉莹说陶渊明饮酒及拟古诗》

四、《叶嘉莹说唐诗》

五、《好诗共欣赏》

六、《叶嘉莹说诗讲稿》

这六册书中的第二种及第五种,在1997及1998年先后出版时,我都曾为之写过《前言》,对于讲演之时间、地点与整理讲稿之人的姓名都已做过简单的说明,自然不需在此更为辞费。至于第一种《叶嘉莹说汉魏六朝诗》与第四种《叶嘉莹说唐诗》,现在虽然分别被编为两本书,但其讲演之时地则同出于一源。二者都是二十世纪八十年代中我在加拿大温哥华不列颠哥伦比亚大学讲授古典诗歌时的录音记录,只不过整理成书的年代不同,整理讲稿的人也不同。前者是九十年代中期由天津的三位友人安易、徐晓莉和杨爱娣所整理写定的，后者则是近年始由南开大学硕士班的曾庆雨同学写定的。后者还未曾出版过，而前者则在2000年初已曾由台湾之桂冠图书公司出版，收入在《叶嘉莹作品集》的第二辑《诗词讲录》中，而且是该专辑中的第一册，所以在书前曾写有一篇长序，不仅提及这一册书的成书经过，而且对这一辑内所收录的其他五册讲录也都做了简单的介绍。其中也包括了现在中华书局即将出版的《叶嘉莹说阮籍咏怀诗》和《叶嘉莹说陶渊明饮酒诗》，但却未包括现在所收录的陶渊明的《拟古》诗，那是因为"饮酒"与"拟古"两组诗讲授的时地并不相同，因而整理人及成书的时代也不相同。前者是于1984年及1993年先后在加拿大温哥华的金佛寺与美国加州的万佛城陆续所做的两次讲演，整理录音人则仍是为我整理《叶嘉莹说汉魏六朝诗》的三位友人。因此也曾被桂冠图书公司收入在他们2000年所出版的《叶嘉莹作品集》的《诗词讲录》一辑之中。至于后一种《拟古》诗，则是晚至2003年我在温哥华为岭南长者学院所做的一次系列讲演，而整理讲稿的人则是南开大学博士班的汪梦川同学，所以此一部分陶诗的讲录也未曾出版过。

回顾以上所述及的五种讲录，其时代最早的应是二十世纪六十年代中我在台湾为教育电台播讲大学国文时所讲的一组阮籍的"咏怀"诗，这册讲录也是我最早出版的一册《讲录》。至于时代最晚的则应是前所提及的2003年在温哥华所讲的陶渊明的《拟古》诗。综观这五册书所收录的讲演录音，其时间跨度盖已有四十年以上之久，而空间跨度则包括了中国台湾、美国、加拿大及中国大陆四个不同的地区和国家。不过这五册书所收录的讲演却仍都不失为一时、一地的系列讲演，凌乱中仍有一定的系统。至于第六册《叶嘉莹说诗讲稿》则是此一系列讲录中内容最为驳杂的一册书。因为这一册书所收的都是不成系列的分别在不同的时地为不同的学校所做的一次性的个别讲演，当时我大多是奔波于旅途之中，随身既未携带任何参考书籍，而且我又一向不准备讲稿，都是临时拟定一个题目，临时就上台去讲。在这种情况下就不免会出现了不少问题。其一是所讲的内容往往不免有重复之处，其二是我讲演时所引用的一些资料，既完全未经查检，但凭自己之记忆，自不免有许多失误。何况讲演之时地不定，整理讲稿之人的程度不定，而且各地听讲之人的水平也不整齐，所以其内容之驳杂凌乱，自是必然之结果。此次中华书局所拟收录的《叶嘉莹说诗讲稿》原有十三篇之多，计为：

1. 《从中西诗论的结合谈中国古典诗歌的评赏》（这是我二十世纪八十年代初在四川成都所做的一次讲演，由缪元朗整理，讲稿曾被收入在河北教育出版社所出版的《古典诗词讲演集》。）

2. 《从几首诗例谈中国古典诗歌中形象与情意之关系》（这是二十世纪八十年代初我在天津师范大学所做的一次讲演，由徐晓莉整理，讲稿亦曾收入在《古典诗词讲演集》。）

3. 《从形象与情意之关系看三首小诗》（这是1984年在北京经济学院所做的一次讲演，由杨彬整理，讲稿亦曾被收入《古典诗词讲演集》。）

4. 《旧诗的批评与欣赏》（这是我在二十世纪九十年代中在南开大学所做的一次讲演，此稿未曾被收入我的任何文集。）

5.《从比较现代的观点看几首旧诗》（这是二十世纪六十年代中我在台湾大学为"海洋诗社"的同学们所做的一次讲演，讲稿曾被收入台湾桂冠图书公司所出版的《迦陵说诗讲稿》。）

6.《漫谈中国古典诗歌中的感发作用》（这应是二十世纪八十年代末或九十年代初的一次讲演，时地已不能确记，此稿以前未曾出版。）

7.《从中西文论谈赋比兴》（这是2004年在香港城市大学的一次讲演，曾被收入香港城市大学出版之《叶嘉莹说诗谈词》。）

8.《古诗十九首的多义性》（这是2003年在香港城市大学的一次讲演，曾被收入《叶嘉莹说诗谈词》。）

9.《诗歌吟诵的古老传统》（同上。）

10.《杜甫诗在写实中的象喻性》（同上。）

11.《从西方文论看李商隐的几首诗》（这是2001年我在南开大学所做的一次讲演，未曾收入我的任何文集。）

12.《一位晚清诗人的几首落花诗》（这也是2003年在香港城市大学所做的一次讲演，曾被收入《叶嘉莹说诗谈词》。）

13.《阅读视野与诗词评赏》（这是2004年我在一次会议中的发言稿，未曾收入我的任何文集。）

以上十三篇，只从讲演之时地来看，其杂乱之情形已可概见，故其内容自不免有许多重复之处。此次重新编印，曾经做了相当的删节。即如前所列举的第一、第二、第四与第五诸篇，就已经被删定为一篇，题目也改了一个新题，题为"结合中西诗论看几首中国旧诗中的形象与情意之关系"；另外第六与第七两篇，也被删节成了一篇，题目也改成了一个新题，题为"从'赋、比、兴'谈诗歌中兴发感动之作用"。我之所以把原来十三篇的内容及出版情况详细列出，又把删节改编之情况与新定的篇题也详细列出，主要是为了向读者做个交代，以便与旧日所出版的篇目做个比对。而这些篇目之所以易于重复，主要盖由于这些讲稿都是在各地所做的一次性的讲演，每次讲演我都首先想把中国诗歌源头的"赋、比、兴"之说介绍给听众，举例时自然也不免谈到形象与情意之关系。而谈到形象与情意之关系时，又不免经常举引大家所熟悉的一些诗例，因此自然难以避免地有了许多重复之处。然而一般而言，我每次讲演都从来没有写过讲稿，所以严格说起来，我每次讲演的内容即使有相近之处，但也从来没有过两篇完全一样的内容。只是举例既有重复，自然应该删节才是。至于其他各篇，如《叶嘉莹说汉魏六朝诗》、《叶嘉莹说唐诗》、《叶嘉莹说阮籍咏怀诗》、《叶嘉莹说陶渊明饮酒及拟古诗》等，则都是自成系列的讲稿，如此当然就不会有重复之处了。

除去重复之缺点外，我在校读中还发现了其中引文往往有失误之处。这一则是因为我的讲演一向不准备讲稿，所有引文都但凭一己的背诵，而背诵有时自不免有失误，此其致误的原因之一。再则这些讲稿都是经由友人根据录音整理出来的，一切记录都依声音写成，而声音往往有时又不够清晰，此其致误的原因之二。三则一般说来，古诗之语言自然与口语有所不同，所以出版时之排印也往往有许多错字，此其致误的原因之三。此次校读中，虽然对以前的诸多错误都曾尽力做了校正，但失误也仍然不免，这是我极感愧疚的。

回首数十年来我一直站立在讲堂上讲授古典诗词，盖皆由于我自幼养成的对于诗词中之感发生命的一种不能自已的深情的共鸣。早在1996年，当河北教育出版社为我出版《迦陵文集》时，在其所收录的《我的诗词道路》一书的《前言》中，我就曾经写有一段话说："在创作的道路上，我未能成为一个很好的诗人，在研究的道路上，我也未能成为一个很好的学者，那是因为我在这两条道路上，都并未能做出全心的投入。至于在教学的道路上，则我纵然也未能成为一个很好的教师，但我却确实为教学的工作投注了我大部分的生命。"关于我一生教学的历程，以及我何以在讲课时开始了录音的记录，则我在1997年天津教育出版社为我出版《阮籍咏怀诗讲录》一书及2000年台湾桂冠图书公司为我出版《诗词讲录》一辑的首册《汉魏六朝诗讲录》一书时都曾先后写过序言，而此两册书现在也都被北京中华书局编入了我的"迦陵说诗"系列之中。序言具在，读者自可参看。回顾我自1945年开始了教书的生涯，至于今日盖已有六十一年之久。如今我已是八十三岁的老人，仍然坚持站在讲台上讲课，未曾停止下来。记得我在1979年第一次回国教书时，曾经写有"书生报国成何计，难忘诗骚李杜魂"两句诗。我现在仍愿以这两句诗作为我的"迦陵说诗"六种之序言的结尾，是诗歌中生生不已的生命使我对诗歌的讲授乐此不疲的。

　　是为序。

叶嘉莹

2006年12月

目　录

一
*

意旨遥深的诗人——阮籍

阮籍（210—263），字嗣宗，陈留尉氏（今属河南开封）人。

阮籍是中国文学史上继建安文学之后正始文学时代的诗人。当时，正处于魏晋之交，社会上有一群文士，他们崇尚老庄的道家思想，厌恶、不拘泥于世俗的俗儒的礼法。他们唾弃名教，以为经学是如此之破碎与支离，他们的生活是这样任放、旷达、纵酒，安于放逸、恣睢。从外表来看，这一群文士都是放浪、恣纵、不守礼法的人物，可是，从他们内心深处来看，我们就会发现，他们的生活之所以如此放浪、恣纵，是有一份内在的悲哀和痛苦的因素存在的。中国自东汉后半期以来，历经了"党锢之祸""黄巾之乱"，其后，又经过"董卓之乱"，形成了"三国"的分裂局面。曹魏之篡汉、司马氏之篡魏，这种种的战乱、篡夺，使得社会是如此不安定、不可信赖，时代是这样黑暗、没有希望。所以，当时许多文士在对现实失望之后，同时，又在现实的种种迫害之中无可逃避，不得已才过着这种放浪、恣睢的生活。像阮籍、刘伶，他们耽溺于饮酒，希望用饮酒来忘怀烦恼，以饮酒来远离灾祸。当时，在这一群文士之中，最出名的是"竹林七贤"。

"竹林七贤"是指怀县（属河内郡，今属河南武陟）的山涛、向秀，尉氏（属陈留郡，今属河南开封）的阮籍、阮咸，铚县（属魏国谯郡，今属安徽濉溪）的嵇康，沛国（今属安徽濉溪）的刘伶，还有临沂（属琅邪国，今属山东临沂）的王戎。在"竹林七贤"之中，山涛和王戎虽然很崇奉老庄的道家学说，但也非常萦心于名位利禄，所以，他们二人的生平在"竹林七贤"之中是比较富贵、显达的，而不以文学著称，也没有留下很多很好的作品。向秀、刘伶、阮咸虽然留下一些作品，但不算很多，只有向秀的《思旧赋》、刘伶的《酒德颂》等较为著名。那么，在"竹林七贤"之中，真正倜傥不群、富有个性，而且在文学上又有较大成就的自然就是嵇康和阮籍了。这两个人的作品风格并不完全相同。阮籍作品的风格是寓意遥深，志气旷逸。前人评他们二人的诗，常说"嵇诗清峻""阮旨遥深"①。意思是说，嵇康的诗清新、峻切，阮籍的诗意旨遥远、深微，难以测知。

　　关于阮籍的诗寄托之深远，是历来批评诗的人所公认的，所以，百世以下难以测其意旨之所在。而且，我们从他的诗中可以看到，他的志气如此之狂放，如此之纵逸。嵇康诗所表现的是风格清峻，气宇傲岸。阮籍诗表现的则是这样幽微、深隐，蕴藉深厚，不是明白地写出来的。嵇康的诗作得比较发扬，比较显露，有锋芒，

---

① "嵇诗清峻"见刘师培：《中国中古文学史讲义》第四课《魏晋文学之变迁》乙《嵇阮之文》，上海：上海古籍出版社，2006年，第37页。"阮旨遥深"见刘勰著，范文澜注：《文心雕龙注》，北京：人民文学出版社，1958年，第78页。

有棱角，才高志逸。阮籍的诗则是婉曲缠绵，真是"怨诽而不乱"（《史记·屈原贾生列传》）。如果以诗歌的艺术价值来说，嵇康的诗虽然也写得很好，但是，写得过于直率了，缺乏含蓄、曲折，没有蕴藉；阮籍的诗则正如《史记·屈原贾生列传》赞称屈原的《离骚》之所言是"《国风》好色而不淫，《小雅》怨诽而不乱"之美。虽然有一份哀怨之意，可是写得不是十分的激切，仍然有节制，很含蓄。所以说，阮籍的诗尤其富于蕴藉、沉挚的意趣。在"竹林七贤"之中，在"正始时代"的作家之中，阮籍的文学成就可称为第一人。

阮籍的父亲阮瑀是"建安七子"之一，阮瑀的老师是东汉末年著名的学者蔡邕。阮瑀工于诗文，长于书札，诗、文和书信写得都很好，曾担任过曹操的记室。可以说阮籍是有家学渊源的。

历史上记载，阮籍"容貌瑰杰，志气宏放，傲然独得""喜怒不形于色"（《晋书·阮籍传》）。说他容貌长得非常俊杰，志气非常奔放，表现的态度是傲然独得。喜怒之情，他可以节制、隐藏在内心，而不形于颜色。为什么他形成了这样的作风呢？因为在他所处的魏晋之交的衰乱之世，不如此含蕴就不足以远祸全身。在阮籍的性格上，一方面他的生活非常放浪，秉赋有豪放的志意，不受一切外在的礼法的拘束；另一方面，他为了能够在衰乱之世委曲求全地保全自己，而在内心非常有节制。我们说，阮籍的诗之所以写得这样寓意遥深，他的为人之所以这样喜怒不形于色，正是因为他有着两种相反的情感的缘故。在当时，有些人能够委曲地保全自己，竟然就苟且谄媚，做了一些在品格上非常卑微的事情；而有一些人不能委曲地保全自己，就一味豪放，因此而获罪，像嵇康就是如此被杀死的。阮籍是具有放浪的情怀，同时，他也有在乱世之中为保全自己而委曲求全的一份苦心。他的诗之所以写得好，正是因为他有这种互相矛盾的痛苦和悲哀的缘故。

在历史上还记载着阮籍"口不臧否人物"，在他口中不轻易批评人的善恶。当时有一些人故意与阮籍谈话，像谗毁嵇康的钟会，当年也非常忌恨阮籍，"数以时事问之"，多次让阮籍对当时的政事进行评论，希望能从阮籍的口中得到一些对当时人物的批评作为把柄，然后再给阮籍加上一些罪名，而阮籍绝口不臧否人物，"皆以酣醉获免"，所以，钟会等人无从得到把柄，这也正表现出阮籍委曲求全、自我节制的一份苦心。

历史上还记载着阮籍好读书，爱山水，常任意出游，"不由径路，车迹所穷，辄恸哭而反"。他喜欢读书，也喜欢游山玩水。他常常任意地驾上车出游，但不按着一般人所经过的路径走，而是任意而行，当走到无路可走的时候，就恸哭着转回来。对于阮籍的这种行为，我们如果只是从外表来看，就会怀疑他是不是精神上有问题。因为每个人走路都是有目的地的，都是要遵循一定的路线的，而阮籍是任意出游，既没有一定目的，又不遵循道路，而且途穷而返。他的这种行为正表现其内心深处的那一份悲哀。他认为，生活在魏晋之世的黑暗、衰乱的时代之中，真是人生日暮途穷，无路可走。所以，他外表的狂放看似不正常的行为，实在只是内心的一份悲苦、一份幻灭的表现，是一种绝望的悲哀无可发泄的表现，因此，他走到穷途后就恸哭而返。

历史上还记载着阮籍有一次登上了当年刘邦与项羽作战的广武山，当他目睹旧时楚汉相争的作战遗迹时，不禁叹息道："时无英雄，使竖子成名！"他认为，可惜当年没有英雄，使得这两个小小的人物成名而留名千古了。我们说，既然阮籍"口不臧否人物""喜怒不形于色"，那么他在这里所叹息的又是什么意思呢？从表面上看，他只是批评当年楚汉之争中的刘邦和项羽，认为当时没有英雄，使"竖子成名"了，而其实，阮籍是非常含蓄、蕴藉地表现了感慨古今的一份深意，他是在感叹在一个衰乱的时代，没有一个真正伟大的英雄人物能够拯救正处于水深火热之中的人民。他对时代危亡的慨叹和失望的悲哀之情，都在这两句话中深深地表现出来了。阮籍还有一次登武牢山，当他站在山顶俯视国家的都城京邑时，作了一首《豪杰》诗，发出了同样的感慨和叹息。登高望远，今古苍茫，他想到了时代的危亡，想到了拯救危亡的豪杰之不可得，于是就表现出了一份很深的情意。

阮籍博览群书，尤其喜欢老庄之学。他曾经作过一篇文章，叫《达庄论》。文章所叙写的是老庄无为的修养精神的可贵。无为是一种消极的哲学思想，是一种衰乱之世的哲学思想，《达庄论》就是写这种无为的可贵。阮籍处在魏晋之交的动荡时代，所以，他特别爱好老庄的学说，当时，有一个叫蒋济的人，官至太尉，他听说阮籍有很杰出的才能，就邀请阮籍到他的手下来做掾属。但阮籍不愿意去，于是就奏记恳辞，也就是写了一篇表达自己辞职愿望的奏记。然而蒋济大怒，于是"乡亲故共喻之，乃就吏。后谢病归"。以当时蒋济的地位请他出来做掾属，而他不肯去，得罪了蒋济，这是对他很不利的事情。为此，亲戚、故旧都来敦促、劝勉他去就职，但他就职后不久就推说身体有病而辞职回家了。可见，阮籍真正的心意是不愿意在此乱世事奉这些做官的人物的。

然而，阮籍毕竟曾经屡次出仕，是为什么呢？前面我们曾分析过，阮籍一方面有非常放浪的志意，对当时的政治现实非常失望、不满；但另一方面，他又有一种委曲求全的苦心，能够节制自己。所以，他屡次出仕又屡次辞官，我们从中正可以看到他内心矛盾挣扎的痛苦。后来他又做过尚书郎，"少时，又以病免"，时间也很短，他又以有病为由辞掉了这个官职。当曹爽（曹真之子，曹真是曹操的养子）辅政的时候，曾经召请阮籍做他的参军，而"籍因以疾辞，屏于田里"。阮籍仍然以有病而努力推辞，回去隐居在自己的田里之中了。曹爽在魏明帝的时候权势极盛，明帝去世后，他曾经都督中外诸军事，还曾经录尚书事①。可是，曹爽与司马懿意见不合，当魏明帝临崩的时候，魏明帝召曹爽与太尉司马懿两人一同来接受遗诏，让他们共同辅佐齐王曹芳。曹芳继位后，曹爽被封为武安侯。但是，后来曹爽就非常骄纵，他的饮食、所乘的车子、所穿的衣服，"拟于乘舆"（《三国志·魏书·曹爽传》），差不多相当于皇帝的享受了。像曹爽这样一个非常骄纵的人，阮籍当然是不肯事奉他的。当时，司马懿也很有野心，他后来政变成功就把曹爽杀死

①曹爽之都督中外诸军事、录尚书事为魏明帝临终时之任命。据《三国志·魏书·曹爽传》，曹爽在魏明帝即位后"为散骑侍郎，累迁城门校尉，加散骑常侍，转武卫将军"。魏明帝"寝疾，乃引爽入卧内，拜大将军，假节钺，都督中外诸军事，录尚书事，与太尉司马宣王并受遗诏辅少主"。

了。曹爽失败以后，很多人非常佩服阮籍，认为他当时不去做曹爽的参军一职是非常有远见的。此后，当司马懿为太傅和司马懿的儿子司马师做大司马的时候，都曾经请阮籍出来做从事中郎。高贵乡公曹髦（魏文帝之孙）继位后，司马师的弟弟司马昭当国。司马昭曾任大将军，专擅国政，自为相国。他也曾任阮籍为东平相。阮籍在任东平相期间，其法令非常清简，政治非常清明。这样看，岂不是阮籍在司马昭当国期间也曾出仕吗？

可是历史上又记载着阮籍这样一件事：有一次，司马昭想替他的儿子司马炎向阮籍提亲，要阮籍把他的女儿嫁给自己的儿子，阮籍知道司马昭的用意后，便常常饮酒，一醉达六十天之久，使司马昭的人一直没有机会与他谈及此事。可见，常常沉醉于酒也是阮籍委曲保全自己的方法。所以说，阮籍并非甘心依附权贵，他虽然在司马昭当国期间屡次出仕，也只不过是他在乱世中苟且保全自己的权宜之计，是不得已而为之。此后，阮籍闻步兵厨营人善酿，贮酒有三百斛，"乃求为步兵校尉"（《晋书·阮籍传》），即他听说步兵厨贮存的好酒有三百斛之多，就要求去做步兵校尉。故史称他为阮步兵。但时间不长，他又谢病辞归了。

前文已经提及过司马昭，此人野心极大，曹髦当时就曾说："司马昭之心，路人所知也。"（《三国志·魏书·高贵乡公纪》裴注引《汉晋春秋》）可见，司马昭的野心人人都知道。他曾杀了高贵乡公曹髦而立曹奂（曹操的孙子，史称魏元帝，后被司马昭之子司马炎篡位后废为陈留王）。魏元帝景元四年（263）的时候，司马昭权力盛极一时，有篡逆的野心，他受封"晋王"，受"九锡"。当时，像郑冲等一些司马昭的党羽，就联名劝进司马昭接受"九锡"。劝进的表文由谁来写呢？郑冲等人便让阮籍来写。阮籍对司马昭的篡逆野心是非常清楚的，怎么能甘心情愿写这样的表文呢？但是，嵇康被杀（景元三年［262］）之事使他心存惧畏。他知道如果拂逆郑冲等人的意思，自己是无法保全的。所以，他不得已答应了。

阮籍在《为郑冲劝晋王笺》中，表面上对司马昭表示颂扬，赞美司马昭可以媲美于当年的伊尹、周公、齐太公，可以成为辅佐君主的贤臣。但他在文章结尾的地方仍讽以"支伯""许由"，在暗中隐约地露出了讽喻的深意。他说："然后临沧洲而谢支伯，登箕山以揖许由。"意思是说，当你辅佐国家功成业就之后，就可以到沧洲那里去见支伯，可以到箕山那里去见许由。支伯、许由是怎样的人呢？支伯和许由是古代的两个高士。《庄子》中记载，舜要让天下给支伯，支伯不肯接受；尧要让天下给许由，许由也不肯接受。所以说，支伯和许由是尧、舜让天下给他们而不肯接受的人。阮籍在文章的结尾用此典故讽喻的深意是，希望司马昭不要有取天下的篡逆野心。如果能够在功成业就之后就放下这份功业，消除篡逆的野心而高隐起来，那才能真正证明你品格上的完美和高洁。可以说，阮籍在此文中真是极尽含蓄之能事了，表现出他是在一种矛盾与被迫的痛苦之中写出来的。当时许多人都认为这篇表文写得是非常清壮的。就是在这一年，即魏元帝曹奂景元四年的冬天，阮籍死去了，享年五十四岁。

关于阮籍的为人，历史上记载说，他内心淳至，以孝称，而疏于礼法。虽然他外表的行为很放浪，而真正内在的品性是非常淳厚、非常笃挚的，并且以孝顺著称。有一天，阮籍正和一位朋友下棋。这时，有人把他母亲死了的消息告诉他，他的朋友想要停止下棋，但他却对下棋的朋友说，请终此局。在一般人看来，母亲死了还要下完这盘棋似乎是很不孝顺的，可是，阮籍不在乎外表的虚伪的礼法，其实，他内心是极其悲哀的。下完这盘棋后，他就放声一恸，呕血数升，而且哀毁骨立，殆致灭性。这不是表面的哀毁，而是内心的极度哀毁。当时人们以吊丧为重，当裴楷来吊祭阮籍母亲之丧时，阮籍"散发箕踞，醉而直视"（《晋书·阮籍传》）。他就披散着头发，很没有礼貌地箕踞而坐，而且喝醉了酒，两只眼睛一直向前看，既不给裴楷答礼，也不哀哭。裴楷仍然尽他的吊丧之礼。当时有人问裴楷，既然阮籍没有给你答礼，你为什么还尽丧祭之礼呢？裴楷回答说，阮籍那样的人物是在礼法以外的，他可以像他那样行事；我们是一般的寻常人，是在礼法以内的，是应该遵守礼法的。此外，阮籍疏于礼法，他遇俗士则白眼沉默；遇知己就以青眼相对。历史上记载说，嵇康的哥哥来见阮籍，他就以白眼相对；嵇康自己来见阮籍，他就以青眼相对。

阮籍所处的魏晋之交的时代，天下纷纭，权奸与亲贵之间互相交讧，政情异常混乱。在行动举止上偶不小心，马上就会招来杀身之祸。当时的名士，很少有人能够保全自己的，不是同流合污，就是身死族灭。于是，阮籍就脱略世事，寄情曲蘖，"发言玄远，口不臧否人物"，为韬晦自保之计。他为了摆脱世俗的尘事，而寄情于饮酒酣醉。他说话非常玄妙、非常深远，让人莫测高深。他不轻易批评当时人物的善恶，他要韬光养晦，自我保全。在魏晋之交的诸多名士中，像山涛、王戎等人就都出来仕宦了，而且官还做得很高；像刘伶就放浪终身；而嵇康则因为个性的激切，就被谗毁致死了。阮籍既不肯做那种依附权贵、苟且谋求名利的行事，又想在乱世之中委曲地保全自己，所以，在"竹林七贤"之中，他是内心最为矛盾、最为痛苦的一个人。因此，他常常"夜阑酒醒，难去忧畏，逶迤伴食，内惭神明。耿介与求生矛盾，旷达与良知互争，悲凉郁结，莫可告喻。对天咄咄，发为诗文"。他处在矛盾与悲哀的感情之中，当夜深酒醒之后，对时代的忧思、对生死的畏惧，真是难以驱除。如果委曲求全地得到一官半职的利禄，心里非常惭愧，真是内惭神明，自己耿介的性格与求生的苦心相互矛盾。老庄哲学的旷达与他良知上所忍受的悲苦互争，内心真是"悲凉郁结"，而这种痛苦又没有一个人可以诉说，所以，对天"咄咄"，感慨、叹息，咄咄书空，把零乱、悲苦的内心感情用诗文表现出来。

阮籍曾经写过一篇《大人先生传》，这是一篇讽世的文章。文章说：世之所谓君子"唯法是修，唯礼是克。手执珪璧，足履绳墨。行欲为目前检，言欲为无穷则。少称乡党，长闻邻国。上欲图三公，下不失九州牧"。阮籍以为，世界上所谓的君子在外表上表现得守法、守礼，其实是为了保全自己的一点利禄。他们果真内心对礼法是如此信仰、如此有感情吗？不是的。他们只是要博得外表的虚伪的名声。他们手持珪璧（做官的人所拿的玉器），走路的脚步、行为都要合乎法度，要合乎礼法的要求，言语要留给后世作为准则。少年时就要在乡党之中得到美好的称誉，年长之后，要在邻国之中得到美好的声名。他们为的是什么呢？不过是为了富贵利禄而已。所以，向上说，他们所图的是三公的地位；就是降级，也希望不失九州牧的官职。真是一群蝇营狗苟只为利禄的人。他在文章中又说："且汝独不见夫虱之处于裈之中乎！逃乎深缝，匿乎坏絮，自以为吉宅也。行不敢离缝际，动不敢出裈裆，自以为得绳墨也。……然炎丘火流，焦邑灭都，群虱死于裈中而不能出。汝君子之处域内，亦何异夫虱之处裈中乎？"难道他们没有看到这些人就像虱子隐藏在深深的裤子缝隙之中，隐藏在破烂的棉絮之中，还自以为所找到的是最好的地方。走一步不敢离开裤子的缝隙，动一动也不敢离开裤裆，自己还以为守的是礼法呢！可是，当大地似流火一样地炎热起来，各地城邑被烤焦的时候，这群虱子就死在裤裆中而不能逃出去。所以，那些追求富贵利禄的人，他们生存在这个天地之内，一旦有一天真的遇到篡弑危亡的时候，就跟隐藏在衣裤之中苟且求得一时保全的虱子有什么不同呢？他们是无法躲藏的。"盖悲于学绝道丧，礼法为权奸所玩弄，而俗士则依附以求全，固有所激而云然也"，他是悲哀当时的人一切理想都灭绝了，一切美好的道德都丧失了，而当时的礼法都成了权奸的玩物了。像当年魏文帝之篡汉，后来司马炎之篡魏，他们外表上讲的都是假借禅让的美名，而世俗的俗人还要依附于这些权奸，求得苟且的保全，真是像虱子处于裤中一样。我们从中可见阮籍的激愤之情溢于言表。

关于阮籍的著作，在《隋书·经籍志》中记载，"魏步兵校尉《阮籍集》"有十卷，《旧唐书·经籍志》《新唐书·艺文志》各著录有"《阮籍集》五卷"。其实，他原来的集子很早就散佚了。严可均辑的《全三国文》有阮籍的文章三卷，共二十篇。明朝张溥编的

《汉魏六朝百三名家集》也收录有《阮步兵集》。还有冯（惟讷）氏的《诗纪》，辑存有阮籍的诗八十七首。丁福保辑的《全三国诗》卷五里也有阮籍的诗。

阮籍的诗流传至今的共有八十七首，其中有八十五首都题名"咏怀"。在这八十五首诗之中，有两种不同的体式，其中八十二首是五言的咏怀诗，另外有三首是四言的咏怀诗。此外，还著录有"短歌"两篇。近人黄节先生注有《阮步兵咏怀诗注》。

关于阮籍的生平事迹，见于《晋书·阮籍传》，还有《三国志》卷二十一，附在《王粲传》之中。

二

*

寄兴幽远的诗歌——阮籍的咏怀诗

阮籍的咏怀诗虽共有八十五首，但我们下面要向读者介绍的只有十七首，就是《昭明文选》所选的十七首。

　　阮籍的咏怀诗，其"咏怀"之诗题就是抒写怀抱的意思，内心之所感动的、内心之所思想的，都可以抒写出来，所以，"咏怀"所包括的内容是非常广泛的。

　　阮籍的八十多首咏怀诗并非一口气写下来的，不是作于一个时候，而是因物因事，情动于中而见于吟咏。内多忧时愤激之言，而出于隐喻象征，迂回吞吐，耐人寻味。无论是外界所见所闻的种种事物，还是内心感情对外界种种事物的触发、感动，都用诗歌写下来。所以说，这八十二首五言诗既没有一定的次序，也没有一定的主题。清朝的沈德潜曾经说，阮籍的这八十二首诗是"反复零乱"（《说诗晬语》）的。反复零乱并非批评，而是称赞之词，恰好形象地反映了阮籍内心的感情。这正如屈原所作的《离骚》，何尝不也是反复零乱的？但这却正写出了作者内心烦乱、忧思的感情。阮籍在咏怀诗中大半表现的是忧时愤激之言，然而，他并没有把愤激之言明白地写出来，而是用非常幽隐的比喻、模糊的象征之笔法写的，写得迂回曲折，吞吞吐吐，非常耐人寻味。后来唐朝陈子昂的三十八首"感遇"诗，李太白的五十九首"古风"诗，还有张九龄的十二首"感遇"诗，虽然题目不叫"咏怀"，但是从写作方法上讲，都是随便看到外界的一些事物，而把它们当作一种兴寄引发的因素，来抒写他们内心的感慨、哀伤。这种表现是非常相似的，实在都是模仿阮嗣宗的"咏怀"，是出于他的咏怀诗了。

关于阮籍的咏怀诗，前人有许多批评、赞美的话。如钟嵘的《诗品》中就曾说："《咏怀》之作，可以陶性灵、发幽思，言在耳目之内，情寄八荒之表，洋洋乎会于风雅。"阮籍的咏怀诗因为题目是抒写怀抱的，什么感情都可以写进去，可以陶冶我们的性灵，可以发抒我们内心的幽微情思。其言语字句所写的景物好像就在我们耳目之前一样，而它其中所蕴含的情意，真是寄托得像八荒一样的遥远。《诗品》又说："厥旨渊放，归趣难求。""厥旨"，就是其中的意旨。其诗中的意旨真是非常渊深、非常遥远，它最后的归趣究竟何在？主旨究竟是什么？真是难以确切地指明。

晋宋之交的诗人颜延年在他的《咏怀诗注》中也说："阮公身事乱朝，常恐遇祸，因兹发咏，故每有忧生之嗟。虽事在刺讥，而文多隐避。百世而下，难以情测也。"阮籍当时所事奉的是如此危乱的朝廷，那是魏晋之交的时候，司马氏有篡位的野心，像曹髦所说的"司马昭之心，路人所知也"，而且在当时种种复杂的政治因素的背景下，有多少文人，有多少名士，不能够保全自己。他们或者委屈地、卑微地事奉这些权奸之人，或者就因自己的耿直、殷切而招致杀身之祸。所以，当时文人、名士的下场，就是这样的两条路。阮嗣宗就身在这样一个黑暗的时代、朝廷之中，常常忧虑招致罪名而遇到杀身之祸，内心的忧思在徘徊与矛盾之中，一方面耿介放纵的个性，不甘心如此事奉权奸，而另一方面又有一种明哲保身、委曲求全的苦心。因此发咏，其诗常常有一种忧生的叹息，当然也就不免有一种讥讽的言辞，但其讥讽的言辞，不是直接、明白的讽刺，而是非常隐讳，有所避忌。这也正是阮籍毕竟没有招致杀身之祸的原因。但正因为他的诗歌写得如此隐晦的缘故，我们后世的读者就难以了解了。所以，颜延年说，他的作品是"文多隐避""百世而下，难以情测"，在百代以下的读者很难推测他的情意究竟是何所指的。阮嗣宗的咏怀诗，《诗品》说它"厥旨渊放，归趣难求"，颜延年说它"百世而下，难以情测"，可见其含蕴之深，很难加以具体的指说。

此外清朝的陈沆所写的《诗比兴笺》中，也曾经收录了阮籍的诗，并加以笺注。他在《阮籍诗笺》开头引用了上文颜延年的话之后说："今案阮公凭临广武，啸傲苏门。远迹曹爽，洁身懿、师。其诗愤怀禅代，凭吊今古。盖仁人志士之发愤焉，岂直忧生之嗟而已哉。"阮籍曾经登临广武山，吟啸于苏门山，在现实的政治生活中远迹曹爽，在司马懿、司马师之时也能够洁身自守，而不依附权贵。"愤怀禅代"，"禅"是古人所说的禅让，像尧让天下于舜、舜让天下于禹，就是所谓的禅让。在东汉魏晋的时候，魏文帝之篡汉、司马炎之篡魏，他们也美其名曰"禅让"，而实实在在是假禅让之名，行篡逆之实。所以，阮嗣宗对当时那种假禅让之名，行篡逆之实的行为非常愤慨。他所愤慨的不只是篡位而已，篡逆之恶尽人皆知。如果篡逆是假禅让的美名而行的话，那岂不是使禅让的美名也幻灭了？一个时代，如果一切道德礼法都失去了它的意义和价值，那么人生所能依附的、所能掌握的还有什么呢？这种今古苍茫、盛衰兴亡的悲慨，真是"凭吊今古"，真是"仁人志士"之发愤。所以，陈沆说："岂直忧生之嗟而已哉。"阮籍的诗哪里仅仅是像颜延年所说的只是写人生的忧患艰难而已，它是仁人志士的作品，具有非常深远的含义。

此外，清代文学批评家沈德潜在他所著的《说诗晬语》中也曾说："阮公咏怀，反复零乱，兴寄无端。和愉哀怨，俶诡不羁，读者莫求归趣。遭阮公之时，自应有阮公之诗也。"阮籍的诗所表达的情意是反复零乱的，有时前一首诗说过的而后一首诗又有同样的近似的感情；有时在一首诗中前面说的是这样的感慨，而后面又说的是那样的感慨；前一首诗与后一首诗之间不见得有什么必然的条理上的联系，真是"反复零乱"。他所写的感兴和寄托也是没有一个头绪可以寻求的，因为他的感兴虽"言在耳目之内"，寄托却在"八荒之表"。沈德潜的"反复零乱，兴寄无端"这八个字正说明了阮籍咏怀诗的特色，因为阮籍正是用这样的写法，写出了他自己反复零乱的一份思想感情。沈德潜又说他的诗是"和愉哀怨，俶诡不羁"。阮籍内心虽然"愤怀禅代"，但在诗中却表现得是这样含蓄、这样蕴藉、这样和柔。他那种倜傥诙诡的变化和寄托是不可以形迹言辞来拘束的，所以，读咏怀诗的人找不到他真正的归宿的意趣之所在，因为他的触发是非常深广的，而读者的感受也是深广的，很难用一句话、一件事来说明，不是说读者对其中无所得，而是所得的太多了，反而难以加以具体的说明。沈德潜又说，遭遇到阮籍的那个时代，当然应该有像阮籍那样的作品。他生在如此危亡的乱世，常恐遭祸，当然写得就要非常含蓄、蕴藉、迂回、吞吐。所以说，阮籍的诗，那真是他平生的生命感情在当时时代中的一种真实反映。

三

*

品读与赏析

夜中不能寐

> 夜中不能寐，起坐弹鸣琴。
> 薄帷鉴明月，清风吹我衿。
> 孤鸿号外野，朔鸟鸣北林。
> 徘徊将何见？忧思独伤心。

现在，我们正式看阮嗣宗的咏怀诗。在具体讲解阮嗣宗的每一首咏怀诗之前，我都要先把所要讲解的这一首诗读一遍，然后再进行具体的解说。

我们先看第一首：《夜中不能寐》。

前面我说了，阮嗣宗的咏怀诗有八十几首之多。沈德潜说阮嗣宗的这八十几首诗是"反复零乱，兴寄无端"。这些诗本来是不可以分层次、分次第排列的。可是，我还是认为，尽管这八十几首诗没有一个明白的次序，然而，这第一首诗毕竟是第一首诗。为什么这样说呢？我们姑且举一个例证来看。比如，我们蒸一笼馒头，那笼中的每一个馒头都是差不多的，你先吃哪一个后吃哪一个都没有什么差别。可是，当你第一次把蒸笼的盖子打开的时候，那种扑面而来的热气蒸腾的感觉是非常重要的。尽管我们说阮嗣宗的这八十几首咏怀诗之间没有必然的次序，它们就如同一笼刚刚蒸熟的馒头，每一个馒头之间也是没有什么必然的次序，可是，当你拿起第一个馒头，那一份热气蒸腾的感觉是与以后其他的馒头不同的。所以说，阮嗣宗的这第一首咏怀诗也就是他八十几首诗之中的第一首诗，它在其中所含蓄、所郁积的那一份情意的深厚、触发、酝酿、洋溢，是比其他后来的各首诗的感发力量都更强、更深的。

"夜中不能寐，起坐弹鸣琴。"我们从表面上看，这两句诗字面上的意思是，他夜半不能成寐，所以就坐起来而弹琴。阮籍的诗"言在耳目之内，情寄八荒之表"。这两句诗实在的意思不仅是写他半夜不能成寐、坐起来弹琴而已，它有一份更深的感发和含义。那么，这其中的感发和含义是什么呢？我们理解这两句诗要设身处地地为阮嗣宗设想。"夜中不能寐，起坐弹鸣琴"所表现的是作者内心的一份忧思烦乱无法解脱、无从发泄。"夜中"当然是说夜半时分了。如果是在初入夜的时候，即刚刚入夜的时候，人没有睡着是人之常情，谁能够一着枕就睡着呢？这里阮嗣宗写的不是初入夜，而是到了"夜中"了，夜是如此之深了，如果不是一个忧思烦乱的人，他为什么不能成寐呢？所以说"夜中不能寐"，不是不肯去寐，而是不能够成眠。清朝有一个诗人黄仲则（黄景仁，字汉镛，一字仲则）曾经写过两句诗："似此星辰非昨夜，为谁风露立中宵？"（《绮怀》其十五）是为谁、为何而不能成眠呢？所以，"夜中不能寐"的"夜中"是写那深夜漫漫，"不能寐"是写他不能成眠的那一份忧思烦乱。为什么说"起坐弹鸣琴"呢？如果说他起来弹琴仅仅是外表意思上的弹琴而已，那就只是"言在耳目之内"了。阮嗣宗所写的"起坐弹鸣琴"所隐喻的、象征的是什么？是他尝试要对他自己内心忧思烦乱的感情加以整理、加以排解的挣扎和努力：我为什么不能成眠？我要把我的忧思和烦乱加以整理，加以抒发，寄托在弹琴之中。

阮嗣宗的诗常常在他所写的表面形式之外，有更深的一份感慨和触发在其中。就一般的诗人来说，有的诗人写山就只是山，写水就只是水，写花也只是花，写鸟也只是鸟。而有一些诗人所写的山水花鸟，就不再仅是山水花鸟了，而是他面对山水花鸟的一份触发和感受。我们举例来看，像谢灵运所写的山水诗。谢灵运的诗里边有一首写了这样的两句："岩峭岭稠叠，洲萦渚连绵。"（《过始宁墅》）其中的"岩峭"的"岩"是说山岩，"峭"是说峭拔。他说那个山岩非常峭拔。"岭稠叠"是说那个山岭重重叠叠。"洲"是水里的沙洲。"萦"是萦回曲折的样子。"洲萦"是说水中的沙洲是这样萦回曲折。"渚连绵"的"渚"是水中的小沙洲，"连绵"是相连不断的样子。所以，谢灵运所写的"岩峭岭稠叠，洲萦渚连绵"两句诗是指那高山的峭拔，山岭的重叠，水中沙洲迂回曲折之相连不断。这里他写山只是山，写水只是水。可是跟大谢（灵运）时代相近的另外一位作者陶渊明有一首很有名的诗，我想大家都知道的，诗中说：

采菊东篱下，悠然见南山。

山气日夕佳，飞鸟相与还。

此中有真意，欲辨已忘言。（《饮酒二十首》其五）

　　陶渊明所写的那一座南山，只是南山吗？陶渊明从南山得到了一份真意，这一份真意是超越南山之上的了。他的情意的蓄积非常深厚，他的那一份触发、感动非常深远，不仅是表面上所写的情、事而已。阮嗣宗的诗也应该这样来看，正如钟嵘的《诗品》批评他的诗所说的"言在耳目之内，情寄八荒之表"。比如说这第一首诗的前两句，我们从字面上看，就是夜半不能成眠而起坐弹琴。其实这两句所包容的他内心的忧思烦乱，他那想要求得抒发，想要求得解脱、寄托的努力和挣扎都表现在其中了。他说，当我"夜中不能寐，起坐弹鸣琴"来整理我这一份忧思烦乱的情意而无可奈何的时候，我所看见的是什么？

　　"薄帷鉴明月，清风吹我衿。"我所看见的是"薄帷鉴明月"。"帷"是一种帐幔、帘幕。一切帐幔、帘幕都可以叫作"帷"。车旁围的那个帐幕可以叫作车帷。现在阮嗣宗所说的"帷"，是被明月所照射的帷，当然应该是窗帷、帘帷了。当我"起坐弹鸣琴"的时候，就看见那薄薄的窗帷之上"鉴明月"。"鉴"是照的意思。那薄薄的窗帷被天上那一轮明月的月光照明了，或者说，天上的明月照在这薄薄的窗帷之上。我这样讲也只是字面的解释。然而，阮嗣宗的诗所写的仅是明月照在窗帷之上而已吗？不是的，而是他面对着窗帷之上的明月，此时此刻内心的一份触发，内心的一份感动、哀伤。那么，有人也许会问，面对窗帷之上的明月有什么可感动、哀伤的呢？我们举几句古人的诗来做引证、比较。比如李太白的一首诗，他说：

床前明月光，疑是地上霜。
举头望明月，低头思故乡。

那只是一片月光而已，为什么李太白望明月的时候会引起思故乡的感情呢？还比如李太白的另外一首诗是《玉阶怨》，他在诗中这样说：

玉阶生白露，夜久侵罗袜。
却下水精帘，玲珑望秋月。

他说，当深夜的时候，那玉石的台阶上面已经铺满了浓重的露水，而且露水是这样浓，我已在台阶上面立了这样久了，所以，"夜久侵罗袜"。露之浓、夜之深、人之伫立怅惘之久都写出来了。那么，在夜如此之深、露水如此之冷的时候，一个人为什么不回房去休息睡觉呢？她不但没有回去，还"却下水精帘"，要"玲珑望秋月"，为什么呢？为什么她要挂起水精帘，望那天上一轮玲珑皎洁的明月呢？她面对着玲珑的明月的时候，内心是如何的一种感发呢？这首诗的题目叫《玉阶怨》，怨者，是一种哀怨的情意。从这四句诗中找不见一个"怨"字，李太白只是写望秋月，那么望秋月与"怨"字何干？所以，李太白以上的两首诗，为什么"举头望明月"，就"低头思故乡"？为什么当他要写《玉阶怨》，要写闺中的哀怨的时候，就"玲珑望秋月"？而"玲珑望秋月"又有什么哀怨呢？可见那必然是有缘故的，是那月光给我们的一份感动和哀伤啊！

还有像宋朝词人欧阳修所写的两句词，他说："寂寞起来搴绣幌，月明正在梨花上。"（《蝶恋花·面旋落花风荡漾》）当我深夜寂寞起来的时候，我搴动、拉开绣有花的帘帷（"幌"，窗前的帘帷），看见什么？我看见一片月光正照在雪白的梨花上面。那一片白色的梨花、那一片白色的月光的光影，给他的那一份惆怅、哀伤、寂寞是何等的深切。所以，我们就能体会，就能想见，当阮嗣宗看见那"薄帷鉴明月"的时候，他内心之中的一份寂寞、一份感触、一份哀伤。正像我刚才所引证的诗一样，都给我们这样一份感受，当我们面对那月光的时候，那一份寂寞、怅惘、哀伤油然而生。"清风吹我衿"，这时又有如此凄清、寒冷的夜风直吹到我的襟怀之内。"清"是如此凄清的夜风，吹到哪里？吹到"我衿"。"衿"就是衣服的前襟。前襟就是正当我们胸怀所在。"我衿"这两个字阮嗣宗用得非常深切，风不是与我不相干的，它正吹在我的襟怀之中，它深深地吹透了我的胸怀。那种寒冷，不仅仅是身体所感受到的寒冷而已，而且是我内心之中一份寒冷的感觉。我们也可以举古人的诗词当作例证。

五代的时候有一个很有名的词人冯延巳（字正中），冯正中有两句小词："波摇梅蕊当心白，风入罗衣贴体寒。"（《抛球乐·酒罢歌余兴未阑》）他表面上也是写眼前的景物。"波摇梅蕊"的"波"是说水波。他说，水波光影在那里动荡。在水波的光影之中有什么呢？有梅蕊。"梅蕊"是说梅花的花蕊，指梅花。在那动荡的水波之中，有一片梅花的影子。这一片梅花的影子在水中的什么地方？在"当心"。"当心"是在水的中央。梅花的影子是什么颜色？影子是一片白颜色。所以，"波摇梅蕊当心白"是说在水波的中心摇动着一片白色的梅花的光影。冯正中所写的仅仅是这水波之中的情景吗？不是的。那一片白色的迷蒙的动荡不仅是动荡在水的波心，而且是动荡在冯正中内心的怅惘、哀怨之情。所以，冯正中接着说："风入罗衣贴体寒。"有寒冷的风吹进了我单薄的罗衣，吹到我贴体。"贴体"者，是说真是与我身体这样亲近的、这样贴切的，使我深深地感受到了一份寒冷。这一份寒冷，不是仅从我身边吹过去而已，也不是只吹动了我的衣服，而是一直吹到了我的身体之上，使我这样贴切地感受到那一份冷冷的寒意。因此，阮嗣宗说"清风吹我衿"，那清风吹来，吹透了我的襟怀。阮嗣宗开头这几句写他夜半不能成眠的忧思烦乱，他对自己的感情无法排解、无法寄托的那一份哀伤，窗前的明月，襟上的清风，那一份寒冷、孤独、寂寞的感发。除了我所看见的明月、感到的清风，还听见些什么？

"孤鸿号外野，朔鸟鸣北林。"我眼前所见的是如此孤寒的月光，我襟怀所感到的是如此凄清的夜风，耳中听到的是孤鸿的哀叫，是一只孤独的鸿鸟。"鸿"是雁中最大的一种。我们常常说鸿雁鸿雁。它的翅膀很长，有将近二尺长。它的头、颈和身上的背面是暗黄褐色的，翅膀是黑褐色的。这种鸟飞得很高、飞得很远。

鸿雁常常成群结队地飞翔，或者排成一个"一"字，或者排成一个"人"字。可是，有的时候我们也会看到一只失群的孤雁，它孤独地一个"人"，离开了它的伴侣，所以是孤鸿。唐人崔涂有写孤雁的诗：

> 几行归塞尽，念尔独何之？
> 暮雨相呼失，寒塘独下迟。
> 渚云低暗度，关月冷相随。
> 未必逢矰缴，孤飞自可疑。（《孤雁》）

崔涂说"几行归塞尽"，雁都一行一行的，或"人"字，或"一"字地飞走了。我看到有几行的归雁已经从关塞的那边飞走了，看不见了，只剩下你孤雁一个"人"不在行列之中，不在那伴侣之中。因此，"念尔独何之"？我就想，你一个"人"要飞到哪里去？"暮雨相呼失"，在这样昏沉的薄暮黄昏的雨中，你呼唤同伴，可是，你却失去了同伴。"寒塘独下迟"，看到地上有一片寒塘，你敢落下去吗？你不敢落下，因为只有你一个"人"，你是孤独的，说不定你会碰到一些射猎的人，就会遭受到杀身之祸的。所以"寒塘独下"而迟迟地徘徊、犹疑，不敢贸然飞下去。那真是一只孤鸿的悲哀啊！在如此危亡的、衰乱的魏晋之时，阮嗣宗那一份孤独、寂寞，那一份恐惧、哀伤，就像孤鸿一样。表面上是说他耳朵听到的孤鸿的号叫，其实是他内心的孤鸿的感觉。他说，我听到那孤独的鸿雁在悲鸣，在哀号。在什么地方哀号？在辽远的旷野之上。

"朔鸟鸣北林"，"朔"本来是指北方。《古诗十九首》说："胡马依北风，越鸟巢南枝。"（《古诗十九首》其一）我们常说朔风凛冽，就是北风凛冽。所以，"朔鸟"是指北方的鸟。可是这个"朔"字还有另外的含义，就是寒冷的意思。因为冬天的北风就是朔风，朔风就是寒风。在这里，我认为，与其把它讲成北方的鸟，不如把它讲作寒鸟，是写在冷风之中的寒鸟在悲鸣，在啼叫。在什么地方？在北方的树林之中。北方的树林是什么样的树林？是寒冷的树林。所以，《古诗十九首》中说："胡马依北风，越鸟巢南枝。""越"是南方的地方。"越鸟"结巢在南边的树枝，因为南枝是温暖的，北枝是寒冷的。阮嗣宗现在所写的寒鸟是在北方的枝头，是在那寒冷的高枝之上，就更加深了那一份寒冷的、没有隐匿的、暴露在凛冽的寒风之中的感觉。所以，阮嗣宗说，我所听到的是孤鸿哀号在那旷野之上，是寒鸟悲鸣在那北方的寒冷的林梢之上。

"徘徊将何见？忧思独伤心。"如此的情景，漫漫的长夜，我无可安排的一份忧思烦乱的感情。窗前那凄清、寒冷的月色，吹在衣襟上那凄清、寒冷的夜风，耳边所听到的孤鸿的哀号、寒鸟的悲鸣。这种种景物是我要寻求的吗？它们能够给我安慰、快乐吗？难道我所喜爱、所寻觅的是那明月、清风、孤鸿与朔鸟吗？不是的。因此，"徘徊将何见"？难道他没有所见？他当然看见了。那窗前的月光岂不是他所见？他为什么说我徘徊、我彷徨？我能够看见些什么？我将要看见些什么？我可能看见些什么？这里，阮嗣宗是说他什么也没有看到。难道明月、清风、孤鸿、朔鸟都被他一笔抹杀了吗？不是。阮嗣宗所说的不是这些，这些明月、清风、孤鸿、朔鸟所代表的是绝望，是幻灭，是悲哀，是寒冷，是孤独，我要挣扎着离开它们，然而，除了它们之外，我再也找不到什么了，没有一件事物能够给我带来温暖和安慰。所以，我在徘徊与彷徨之中再也寻觅不到任何一件事物了。

在魏晋如此危亡、衰乱之世，我能够希求、盼望些什么呢？所以"忧思独伤心"。我只有满怀忧愁、烦乱的一份情思，自己独自伤心。而且，这一份伤心是无可告喻的。有谁能够知道我的伤心？向谁倾诉我的伤心？所以，阮嗣宗"身事乱朝，常恐遇祸"。他能够把他对时代的那一种黑暗的、危亡的"愤怀禅代"的感觉向人诉说吗？不能的。他只有"徘徊将何见？忧思独伤心"。

二妃游江滨

> 二妃游江滨，逍遥顺风翔。
> 交甫怀环佩，婉娈有芬芳。
> 猗靡情欢爱，千载不相忘。
> 倾城迷下蔡，容好结中肠。
> 感激生忧思，谖草树兰房。
> 膏沐为谁施，其雨怨朝阳。
> 如何金石交，一旦更离伤。

阮嗣宗的咏怀诗真是"反复零乱，兴寄无端"，沈德潜就这样批评过。他每一首咏怀诗都有每一首诗不同的感怀。第一首咏怀诗是总起，写他对时代危亡、衰乱的一份忧思烦乱之情。那么，这第二首诗说的是什么呢？

这首诗写的是人生之中本来应该有一些美好的、可以信赖的东西。人生岂不是应该可以找到一些美好的、可以信赖的、可以掌握的东西吗？然而，在现实生活中，有一天你会忽然间地觉悟而失望，你会感觉到在这个世界之中，所有那些你曾经认为是美好的、你曾经以为可以信赖的东西都幻灭了。它们并不像你所想象的那样美好，也不像你想象的那样可以信赖，那美好和信赖完全幻灭了，完全丧失了。这第二首咏怀诗就是写对于那美好的、可以信赖的事物失去信心后幻灭的悲哀。

那么，他说的美好的事物是什么呢？他用两个美丽的女孩子作比喻："二妃游江滨，逍遥顺风翔。"有两个美丽的女孩子"二妃"，她们遨游在江水边上。这"二妃"应该是谁呢？根据《列仙传》的记载：

> 江妃二女者，不知何所人也。出游于江汉之湄，逢郑交甫，见而悦之，不知其神人也。谓其仆曰："我欲下请其佩。"……遂手解佩，与交甫。交甫悦，受而怀之，中当心，趋去数十步，视佩，空怀无佩。顾二女，忽然不见。

有两个女神仙出游在江水边上，她们碰到了一个年轻人，这个年轻人叫郑交甫。于是，这两个仙女把她们身上佩戴的玉佩装饰解下来，送给郑交甫了。郑交甫接受了她们所赠的玉佩后就离开了。当他走了几十步远的时候，忽然间发现佩不见了，不但如此，那两个女孩子也消失了。这个故事当然是神仙的传说了。阮嗣宗并不是迷信于这个神仙的传说，只是把它作为引用，当成一个比喻，比喻天下一切美好的事物。"逍遥顺风翔"，这两个美丽的女孩子，她们嬉游在江水边上，真是如此的逍遥自在，翩翩高举，顺风飞翔，一副仙子缥缈的样子。这段故事不仅见于《列仙传》，还见于《韩诗外传》："郑交甫将南适楚，遵彼汉皋台下，乃遇二女，佩两珠，大如荆鸡之卵。"（《文选·南都赋》李善注引）郑交甫这个年轻人将要向南方往楚国去，他就沿着汉皋台的台下走过，在那里碰到了两个女孩子，她们佩戴的两颗明珠像鸡卵一样大。《列仙传》中说这两个女孩子所佩戴的是玉佩，《韩诗外传》中则说她们佩戴的是明珠。总而言之，无论是玉佩还是明珠，都是指衣服上的饰物。我们不必一定说它是玉，也不必一定说它是珠，都是她们把身上佩戴的饰物投赠给了郑交甫。

"交甫怀环佩，婉娈有芬芳。""婉娈"读"wǎn luǎn"。"娈"这个字本来有上声和去声两个读音，可以念"luǎn"，可以念"luàn"，在这里我以为还是念"luǎn"比较好，因为"婉娈"两个字都是上声，常常有一些形容字有一种双声或叠韵的声韵上的关系，所以这里念"luǎn"比较好。于是，郑交甫就在怀中保存着女孩子所投赠的环佩，真是"婉娈有芬芳"，如此之美好。"婉娈"是少好之貌，又有亲爱之意。表现缠绵的感情或者很美好的样子都可以说"婉娈"。现在，这两个美丽的女孩子和郑交甫在相逢之间，有如此美好的投赠，他们之间是有一份欢喜、爱悦的感情。所以郑交甫怀持着环佩，觉得是这样美好，"有芬芳"，好像是有一股芬芳的香气。

"猗靡情欢爱，千载不相忘。"像这样一种美好的感情，能够在相见的时候就把最珍贵的东西相互投赠，可见这一份相互知爱、相互交付的深切情意。因此"猗靡情欢爱"，"猗靡"是相随的样子。既然他们一见就倾心，就相知，就付托，那么这种感情就应该互相追随在一起，永远保持这种感情上的欢心、爱悦，"千载不相忘"。从此以后，无论是千年万世，海枯石烂，感情永不改变，永不忘记。

"倾城迷下蔡，容好结中肠。"这个女子容貌之美，美到何种程度呢？可以"倾城"，可以"迷下蔡"。"倾城"两个字的典故，见于《汉书》中李延年的一首《佳人歌》，歌词是如此的：

> 北方有佳人，绝世而独立。
>
> 一顾倾人城，再顾倾人国。
>
> 宁不知倾城与倾国？佳人难再得！（《汉书·孝武李夫人传》）

李延年说，北方有一个非常美丽的佳人。这个佳人真是超尘绝世，她一人独处，远离世俗，她非常珍爱自己的一份贞操。她的姿色极为出众，如果她能够回眸一顾的话，可以使一城为之倾覆；如果她能够回眸再一顾的话，就可以使一国为之倾覆。因此说她的容貌可以倾城、倾国。"宁不知倾城与倾国？"难道我们不知道这个女子的美貌可以迷惑人，使人为她倾城、倾国地倾覆、败亡吗？我们不是不知道，然而，我们依然喜爱她。为什么缘故？因为"佳人难再得"！如此美丽的女子真是难以得到的。所以，我们宁愿倾城、倾国。现在，我们称赞一个女子的美丽，也常常用"倾国倾城"，这是"倾城"的出处。"迷下蔡"三个字见于宋玉的《登徒子好色赋》：

> 天下之佳人，莫若楚国，楚国之丽者，莫若臣里，臣里之美者，莫若臣东家之子。东家之子，增之一分则太长，减之一分则太短。著粉则太白，施朱则太赤。眉如翠羽，肌如白雪，腰如束素，齿如含贝。嫣然一笑，惑阳城，迷下蔡。

宋玉说，天下美丽的女子没有比我所居住的里巷的女子更美的了，而在我们里巷居住的美女之中，没有比我们东家那个女子更美的了。那么东家的女子如何美呢？"嫣然一笑，惑阳城，迷下蔡"，当这个女子嫣然一微笑的时候，整个阳城、整个下蔡的人都为之而迷惑了。"阳城"和"下蔡"都是地名。阳城在现在的河南登封的东边，下蔡在今安徽寿县的北边。那么，阮嗣宗说"倾城迷下蔡"，意思是说这个女子貌美倾人之城，可以迷惑下蔡的城邑，极言这个女子之美。

这一首诗开头的一句本来说的是"二妃游江滨"，是两个女子，而我在解说的时候常常说"这个女子"，这是为什么呢？因为诗本来常常是用典的，只是用一种比喻就是了，并不是很切实的切指。

这首诗开头用"二妃游江滨",因为那是在《列仙传》和《韩诗外传》都记载着说郑交甫遇到了两个仙女,所以说是用的"二妃"的典故。在这首诗中,我们实在不要管它是两个女子还是一个女子,总而言之是遇到了一个极美丽的对象而倾心相爱了,所以"容好结中肠"。"容好"是说她容貌的美好。"结中肠",是说从内心之中有一种感情联系的系结,永远也不改变。在《汉书·孝武李夫人传》中记载着汉武帝李夫人的故事。李夫人曾经说过这样的话:"我以容貌之好,得从微贱爱幸于上。"我就是因为容貌之美好,才能够从很微贱的地位而得到皇上如此之宠爱的。所以,"容好结中肠",就是说,她们因为容颜如此之美好,而情结于内心的深心之中。

"感激生忧思,谖草树兰房。"像郑交甫与这两个仙女的遇合,他们能够长久吗?他们能够同生共死永远在一起吗?当然不能的。转瞬之间他们就失去了。当他们庆幸爱悦的时候,虽然是"猗靡情欢爱",认为可以"千载不相忘",因为她们是如此的"倾城迷下蔡",所以就"容好结中肠"。可是,他们终于离别了,"感激生忧思,谖草树兰房"。"感激",就是说感情因感动、感发而有一种激动,并不一定是感谢,是有所感触、有所感激的意思。赵岐的《孟子章指》上说:"千载闻之,犹有感激。"(《文选·咏怀诗十七首》李善注引)意思是说,千载之后,我们听说这样的事迹,内心之中仍然有一种感动、激发的情绪。所以,这里的"感激"是说当他们相遇、相见的时候,有一份互相爱悦的感情激发。"生忧思",为什么感激而生忧思了呢?因为他们并没有长久地在一起,很快就彼此相失地离别了，所以，产生了多少忧愁、多少思念，就"谖草树兰房"。《诗经·卫风》的《伯兮》一篇中有这样两句诗："焉得谖草？言树之背。""谖草"同"萱草"，俗名叫"金针菜"。它的茎大概有二尺多高的样子，夏天开花，呈红黄色，其花和嫩蕾可供食用。旧日相传说谖草这种植物可以让人忘记忧伤。那么，"焉得谖草"？如何才能够寻找到这种使人忘记忧伤的谖草呢？"言树之背。""树"就是种植的意思。"背"就是房后，也有人说是北堂。因为谖草可以使人忘忧，所以，阮嗣宗"感激生忧思"，于是就"谖草树兰房"。因为当时一份感情上的感动，而引起了我今日离别的忧愁、思念、哀伤。因此，我愿意在兰房这个地方种植上谖草。为什么在兰房不种兰花而种谖草呢？只因为我满怀相思怀念的忧伤，种上谖草，为了使我忘记这一份忧伤。

"膏沐为谁施，其雨怨朝阳。"在《诗经·卫风》的《伯兮》这一篇中是写离别的感慨，写男女离别的一份相思怀念的感情。《伯兮》中有这样的诗句：

自伯之东，首如飞蓬。
岂无膏沐，谁适为容？

有一个女子，她的丈夫的名字叫作"伯"，所以这首诗的题目叫《伯兮》。自从伯从军到东方去了以后，我的头发就没有再修饰、整理，就像蓬草一样的零乱。难道是我没有涂发的膏油吗？难道是我没有洗头发的潘沐吗？这里的"膏"是头油，涂在头发上可以使头发保持光泽。"沐"，就是《左传》中所说的潘沐，潘沐就是米汤、米汁。据传说，淘米的米汁是可以洗头发的，可以把头发洗得很干净，而且不伤毁头发。"谁适为容"的"适"字，读"dì"的音，意思是标的、目的的意思。"谁适"是说我以谁为目的呢，哪一个人是我所为的对象呢？"容"者，就是给容貌化妆。我为谁而美容、化妆呢？古人曾经这样说过："士为知己者死，女为悦己者容。"（《史记·刺客列传》）意思是说，士人可以为知己者效死，女子为爱她的人而美容。既然爱她的人不在，那为谁而美容呢？所以说："岂无膏沐，谁适为容？"阮嗣宗这首诗意思是说郑交甫与二妃离别之后，这两个女子仍怀念郑交甫，于是就"谖草树兰房"，为的是忘却忧思。"膏沐为谁施"，我虽然是有膏、有沐，我也不再整理我的容貌，我为谁施用膏沐呢？

"其雨怨朝阳"，这句诗的典故也是出于《诗经》的《伯兮》篇。《伯兮》中说："其雨其雨，杲杲出日。""其雨"的"其"字是一个语助词，表示一种可能的口吻，说那是要下雨吧，要下雨吧。结果没有下雨，而是杲杲地出日。"杲杲"是太阳升上来后明亮的样子，很明媚的样子。这两句诗是什么意思呢？是《诗经》的比兴，意思是说我本来希望下雨，结果出了太阳。那是什么？那是失望。本来我所盼望的、我所怀念的良人可以回来，然而他终究没有回来，如同我盼望下雨，却出了太阳一样。这不是我所希望的，而是我所失望的。下面，《伯兮》篇中还有两句诗："愿言思伯，甘心首疾！"我越怀念伯，就越甘心这样地愁苦，甘心有种种的疾病和哀伤的痛苦。阮嗣宗用这个典故，"膏沐为谁施，其雨怨朝阳"，意思是说自从离别之后，我是这样怀念你，我再也不愿意装饰我的容貌，都是因为你不在我身边的缘故。我多么盼望你能回来啊，但你终于没有回来。这就如同我盼望"其雨其雨"，恐怕要下雨了吧，结果呢？朝阳——早晨的太阳出来了。"其雨怨朝阳"，我盼望的是雨，出来的却是太阳，当然，我就"怨"了。我盼望的是你能回来，然而你没有回来，我当然就"怨"了，所以说"怨朝阳"。

"如何金石交，一旦更离伤。"当时那一见倾心的感情为什么今日会落到这样离别哀伤的下场呢？既然有当年那一见"千载不相忘"的倾心、欢爱的美好感情，为什么会有今天"其雨怨朝阳"的离别怨恨、哀伤呢？所以，阮嗣宗说："如何金石交，一旦更离伤。"当时像金石一样坚固的交情，而"一旦"就更离伤，忽然一日之间，居然变得这样离别哀伤。"金石交"出自《汉书·韩信传》：

> 楚以亡龙且，项王恐，使盱台人武涉往说信曰："……今足下虽自以为与汉王为金石交，然终为汉王所禽矣。"

"项王"就是西楚霸王项羽。当楚汉相争的时候，刘邦手下的大将韩信，曾登台拜将替刘邦带兵，平定了燕国、赵国、齐国，大大增强了刘邦的势力。那么，在当时对西楚霸王来说，如果能够把韩信争取过来而投奔到自己的手下，刘邦就注定要失败了。于是，项羽为了得到韩信，就派一个叫武涉的人去游说韩信。武涉就对韩信说："今足下虽自以为与汉王为金石交，然终为汉王所禽矣。""足下"是对对方的尊称，这里就是武涉称韩信。意思是说，现在你虽然自以为与汉王刘邦是金石一样坚固、密切的交谊，可是，我看你最后一定被汉王所擒捉、背弃、伤害。历史记载说，韩信后来果然被斩首了。"金石交"是说交谊的坚固，如同金石一样坚固。"如何金石交"，为什么像金石一样坚固的交情，"千载不相忘"的交情，"猗靡情欢爱"的爱情，而"一旦更离伤"？在一日之内居然就这样离别，落到这样哀伤的下场呢？

那么，我们从表面上看，这首诗是说一种美好的事物终于消失了，终于改变了。那么，天下有什么感情是可以掌握、可以不变的呢？如果像这样金石之交的感情都会改变的话，那我们还能够掌握些什么呢？这一份悲哀真是千古以来很多人的悲哀！所以，陶渊明在他的一首《拟古》诗中这样写道：

> 荣荣窗下兰，密密堂前柳。
> 初与君别时，不谓行当久。（《拟古九首》其一）

陶渊明的诗意是说，我们之间的感情像如此茂盛的窗下的兰花，像如此繁密的堂前的柳条。我们的感情如此之好，荣荣密密。可是，当我刚与你离别的时候，我没有想到你居然会一去不复返，竟然会这样长久。然后，陶渊明在这首诗里又说了什么？

> 兰枯柳亦衰，遂令此言负。

可是，后来窗下的兰花枯萎了，堂前的柳树也衰落了，而你与我当年的那一份美好的约言也就被辜负了。

像陶渊明所说的这一份感情，像阮嗣宗所说的这一份感情，究竟指的是什么样的事物呢？我以为，阮嗣宗这首诗是写一份感情的转移，当年认为是美好的、可以信赖的，而居然就失去了。在古人的诗中也有很多写这种感情的。有些人写这种感情，只是一种普遍的感伤而已，因为世界上本来有许多美好的事物都是不能长久地保存的。古人有这样的诗句："大都好物不坚牢，彩云易散琉璃脆。"（《简简吟》）世界上所有美好的事物都是不坚牢的、不牢固的，像什么？像"彩云易散琉璃脆"。像天上的彩云何尝不美呢？然而，彩云也最容易消失。像琉璃这种器物何尝不是晶莹光彩的？但它很脆弱，一不小心很容易就摔碎了。"二妃游江滨"的故事，古人也常常引用，他们引用这个故事也只是比喻一段感情的相爱、美好而转眼之间又失去了，表现一份欢爱、美好的感情不能够长久。北宋初年有一个词人叫晏殊，字同叔，文坛称他为"大晏"。在大晏的词里边有这样一首：

燕鸿过后莺归去，细算浮生千万绪。长于春梦几多时？散似秋云无觅处。　　闻琴解佩神仙侣，挽断罗衣留不住。劝君莫作独醒人，烂醉花间应有数。（《木兰花·燕鸿过后莺归去》）

晏殊这首词写的是什么？他是说人世间那一份难以掌握的欢乐和美好。"燕鸿过后莺归去"，随着春秋时季节气候的变化，不少鸿雁飞去了，不少黄莺消失了。"细算浮生千万绪"，细算一下，我们这些浮生的生命，有多少感情，有多少思绪，真是千头万绪，无法述说。那么，有多少感情多少哀伤，把它们大约总结起来说，"长于春梦几多时？散似秋云无觅处"。我们的浮生，像春梦一样美好的感情，也像春梦一样短暂，似秋云就如此地消散了、失散了，就像那秋天天上的淡淡的薄薄的云彩随风消散了，再也无法寻觅了。"闻琴解佩神仙侣，挽断罗衣留不住。"这里用了两个仙女的典故。意思是说，你即使碰到了一个相亲相爱的伴侣，什么样的伴侣？是神仙的伴侣，是这样美好的伴侣。什么样的感情？是"闻琴解佩"的感情。"解佩"就是阮嗣宗所用的典故，即郑交甫经过汉皋台下看到的江边上有两个女子，这两个女子就解下她们身上所佩的明珠给了郑交甫。这样一见倾心的投赠，就是"解佩"。那么什么是"闻琴"？我想大家都知道这个故事。《史记》《汉书》都有司马相如传。说司马相如当时遇见卓文君的时候，就因为他弹奏了一首琴曲，曲目是《凤求凰》。当时，卓文君听到这支琴曲，于是就往奔，归向司马相如了。像"闻琴解佩"这样倾心地相爱、相知的一份交托与信赖的感情，应该是多么可以宝爱珍重的，可是，大晏的词说了"闻琴解佩神仙侣，挽断罗衣留不住"。我真是想把这样一个倾心相爱的伴侣留住，可是我挽断了他的罗衣。"挽"是用手牵。我拉住他衣襟，想把他留住，然而，我把他的罗衣挽断了，也没有留住他。所以，"劝君莫作独醒人，烂醉花间应有数"。说人间的美好与欢乐既然如此地难以保全，你又何必做一个独醒的人呢？不如沉醉在花间的好。可见，古人也往往用郑交甫这个典故，写感情失去得很快，不可挽留。所以，一般的诗人、词人用这个典故往往只是一种浮泛地指这一份感情的失落而已。

这里，对于阮嗣宗所写的这首咏怀诗，以往很多批评的人认为他所说的感情，不只是说男女之间相爱的一份感情之不持久，或者是比喻、象征人世间美好的事物之很容易消失，不是这样浮泛的，而是有他另外的意思之所指的。我前面也曾经讲到陶渊明的《拟古》诗的其中一首，"荣荣窗下兰"这首诗也是写和阮嗣宗这首咏怀诗非常相近的感情。陶渊明的诗是不是和大晏的词一样写一些美好的感情之容易消失，这样的浮泛的意思而已呢？历来批评解说的人都认为，陶渊明的《拟古》诗与阮嗣宗的这首《二妃游江滨》的咏怀诗，不仅是像后来的诗人、词人写一份美好的感情之容易消失而已，它们都有一份更深切的含义。那么，它们更深切的含义是什么？

陶渊明是生在晋宋易代的时候，是从东晋到刘宋的时代，是刘裕篡晋更换朝代的时候。而阮嗣宗是生在魏晋之交，正是司马氏酝酿篡魏的时候。所以，很多评诗的人都认为，他们所写的有一份易代的悲哀，是说在时代的转移之间，有多少人的品节、情操不能够持守得住，他们在品节上都蒙受了玷污而改变了、移易了。陶渊明的那首《拟古》诗也许还不过是说当时的一些人，他们改变了自己的节操而事奉了异代而已。可是，阮嗣宗的这首诗，历来解说的人就认为，他所指的就更明切了，他指的是谁？就是司马氏。

我在前面曾经讲到，清朝陈沆所写的《诗比兴笺》把阮嗣宗的咏怀诗的意思都作了解释，把诗里边说的是哪个人或哪件事都指了出来。我们读阮嗣宗咏怀诗的时候，本来也并不一定要这样拘狭地、这样穿凿地去深求，只要是感受到那一份我们认为美好的、可信赖的事物的转变、消逝的慨叹、哀伤就是了。可是，前人既然有这样的说法，我们也不能不知道，而且在魏晋之交的时候，果然有这样的人和事。那么，阮嗣宗的这首咏怀诗也可能是为这人、这事而发的。

陈沆的《诗比兴笺》认为，阮嗣宗这首诗指的是司马懿和司马师父子两个人。这父子两个人真是"阴谲险诈，奸而不雄"。他们做事情真是这样隐秘，这样诡诈，这样奸险，而没有一种英雄豪杰的气魄。所以"咏怀多妾妇之况"，在阮嗣宗的咏怀诗里边常常写到一些妇人、女子，指的都是司马氏父子。诗中说到这种感情的转变，就是指司马氏父子两个人篡逆的心意。

那么，司马懿和司马师父子有过什么样的事情呢？历史上曾记载魏明帝笃信司马懿，忍死相待，托以幼子齐王芳。此慨叹司马氏之背德废齐王。《三国志·魏书·明帝纪》记载：

> 三年春正月丁亥，太尉宣王还至河内，帝驿马召到，引入卧内，执其手谓曰："吾疾甚，以后事属君，君其与爽辅少子。吾得见君，无所恨！"宣王顿首流涕。即日，帝崩于嘉福殿，时年三十六。

在魏明帝景初三年（239）的时候，魏明帝病了，而且病得很重。在正月丁亥的那一日，当时任职太尉的宣王司马懿带兵出去作战，刚刚回到河内，魏明帝就派人骑快马把司马懿召至宫中，带司马懿来到自己的卧室之内。魏明帝握住司马懿的手，对他说："我的病很重了，我把我身后的事都嘱托、交给你了。你和曹爽要好好辅佐我的小儿子（齐王芳），我现在能够在临死前见到你，亲口对你这样地嘱托，我死了也没有遗憾了。"宣王司马懿听后叩头，流出眼泪。当天，魏明帝就死于嘉福殿。

对于《三国志》中的这段记载，裴松之在《三国志》的注解中引用了很丰富的材料。裴松之的注解引《魏略》中的话说：

> 帝……乃召齐、秦二王以示宣王，别指齐王谓宣王曰："此是也，君谛视之，勿误也。"又教齐王令前抱宣王颈。

当司马懿回来的时候，魏明帝就叫他的两个儿子，一个是齐王芳，一个是秦王询（魏明帝自己没有亲儿子，齐王芳和秦王询实际是其两个养子），在司马懿面前作介绍。魏明帝指着他的小儿子齐王芳对司马懿说："你要仔细地看清楚，这个人是我要嘱托你的我的少子，你不要弄错了。我要把他托付给你，立他做以后继位的国君。"而且，当时，魏明帝又叫他的小儿子齐王芳走向前来抱住司马懿的脖子。从裴松之所引的这段注解中，我们可以看到当时魏明帝这一份托孤的深心，这一份感情之深切了。

裴松之的《三国志》注解又引《魏氏春秋》说：

> 时太子芳年八岁，秦王九岁，在于御侧。帝执宣王手，目

太子曰："死乃复可忍，朕忍死待君，君其与爽辅此。"

当时的齐王芳只有八岁，另外一个秦王询九岁，他们二人都在魏明帝的身边。魏明帝拉着司马懿的手，看着太子齐王芳对他这样嘱托说："死亡这件事谁能够拖延呢，谁能够忍耐而把它拉长呢，死生这件事没有一个人可以自己做主的，当死亡来临的时候谁也无法抵抗它。然而，我却居然能够忍住，为的就是等待你回来，见你一面，把我的儿子托付给你，你要好好与曹爽共同辅佐太子齐王芳。"

我们从《三国志》与《三国志》裴松之的注解所引的种种记载来看，魏明帝在临死之前真是忍死托孤于司马懿，是多么一份深厚的感情。可是，后来的齐王芳落到什么样的下场呢？他被废了，是被司马懿的儿子司马师所废。可见，魏明帝虽然对司马氏父子有这么深厚的一份感情，有一份交托、信赖之情，居然受到如此背恩负义的对待。而且，后来司马炎（司马师弟弟司马昭之子）篡魏，哪里还想到魏明帝忍死相托付的事情呢？国家就败亡在司马氏这些人的手中了。我们从当时的时代所发生的种种历史情形，就可以想见阮嗣宗这首咏怀诗也许未免有这样一种对当时的慨叹。

总而言之，在魏晋之交的那一个时期，什么叫信义，什么叫人与人之间的正义，在当时，这种信念是完全丧失了的。那么，当时士大夫之流外表上都是讲信义、礼法，实在却是唯利是图，而在当时朝代更迭之间，他们都是假禅让之名而行篡逆之实的。哪一种感情是可以信赖的？哪一个人物是可以交托的？所以，无怪乎阮嗣宗在当时的时代之下，写下了"二妃游江滨""猗靡情欢爱，千载不相忘"的感情，落到"如何金石交，一旦更离伤"的慨叹了。因此说，阮嗣宗的这首咏怀诗是应该有其深意的。

嘉树下成蹊

> 嘉树下成蹊，东园桃与李。
> 秋风吹飞藿，零落从此始。
> 繁华有憔悴，堂上生荆杞。
> 驱马舍之去，去上西山趾。
> 一身不自保，何况恋妻子！
> 凝霜被野草，岁暮亦云已。

阮嗣宗的这首咏怀诗，陈沆在《诗比兴笺》中也有解说。我们现在姑且不讲陈沆的解说。我们每讲一首诗，都是先从字义上就诗论诗，从我们自己直觉的感受，体会诗中的那一份情意，然后，再说前人对这首诗的解说。

我们从字义上看，这第三首诗，开头写"嘉树下成蹊，东园桃与李"，接下来两句说"秋风吹飞藿，零落从此始"。前面两句跟后面两句形成了非常鲜明的对比。意思是说，有这样美好的时代，也有这样凋零的时代，那么，什么样的美好时代呢？是"嘉树下成蹊"。"嘉树"，是美好的树，凡是一切美好的树，都可以称它是嘉树。"下成蹊"的"蹊"是指小路，人来往走过的小道。"下成蹊"是说它下面就会走出一条小路来。只要是美好的树，在树的下面就自然会被人走出一条小路来。为什么呢？在《史记·李将军列传赞》中有这样两句："谚曰：'桃李不言，下自成蹊。'"这里的"谚"是说俗谚、俗话。意思是俗话有这样一句成语，桃树和李树不会讲话，它们从来没有宣扬过自己，表扬过自己是多么美好，也从来没有招摇、引诱过别人说你们应该到我这里来。可是，在桃树和李树的下面"自成蹊"，就自然会走成一条小路，因为桃树和李树的花是这样美丽，果实是这样鲜甜，所以"嘉树下成蹊，东园桃与李"。阮嗣宗的意思是说有一些美好的树，树的下面就自然会走出路来的，这些树就是东园的桃树和李树。春天有这样美好的时代。

可是，当秋天来临的时候，"秋风吹飞藿"，就"零落从此始"了。等到秋风一吹起的时候，秋风吹在飞藿之上，我们就感到万物零落从此就开始了。"飞藿"是什么呢？"藿"是豆叶，即豆类植物。我们看到一些植物，即使是木本的植物在秋天、冬天，叶子也一样会凋零飘落，可是，它的根株依然尚在，到明年春天也依然有新的枝条萌发，有新的花叶生长出来。但像豆类这些植物就不然了。豆类植物是人在每年春天的时候把它种起来的，需要搭一个瓜棚豆架，把它支撑起来。那么，当秋天到来的时候，豆子、豆荚都被人摘走了，豆叶零落了，豆棚也被人拆毁了，剩下些什么？一无所有了。明年春天再来的时候，如果不是有人特意栽种的话，在原来长这棵豆子的地方还会长出另一棵豆子来吗？不会的。所以说，豆类的飘零真是这样一去不回的零落，它给我们的那一份飘零的感觉是比其他植物更深切的，因此，古代的诗人、词人常常写到秋天草木的零落都用"飞藿"来做这样的代表。阮嗣宗说，等到秋风吹起，豆的枝叶零落了，随风飘散纷飞了。"零落从此始"，我们就知道那秋天万物的零落就从现在开始了。沈约解释这两句诗说："风吹飞藿之时，盖桃李零落之日：华实既尽，柯叶又凋，无复一毫可悦。"（《文选·咏怀诗十七首》李善注引）当秋风吹飞藿的时候，就是一切草木零落的开始，那么，桃李当年虽然是"下成蹊"，有美好的花，有美好的果实，可是，今天的桃李已"华实既尽"，它的花和果实已经都零落殆尽了，它的枝柯、叶子也凋零了，再也没有一点可以令人喜爱的地方了。

阮嗣宗的这两句诗，我们上面所讲的只是字面上的意思。陈沆的《诗比兴笺》认为这两句诗有一种比兴寓托的深意，陈沆说，那是"司马懿尽录魏王公置于邺，嘉树零落，繁华憔悴，皆宗枝剪除之喻也"，意思是说这两句诗比喻曹魏的宗室被司马氏所剪除。

我们在开始讲阮嗣宗的咏怀诗的时候，就曾经提到，历来解释、批评诗的人都认为，阮嗣宗的这八十几首咏怀诗，其中比兴、寄托是极有深意的。因为阮嗣宗身在魏晋之交的衰乱之时，他内心之中有很多悲哀，有很多愤慨，他不能够直接地说明表现出来的，都在这些诗歌之中，从他耳目所闻、所见的一些景物之中，一些联想、一些比喻、一些寄托之中，隐约、含蓄地透露出来了。正因如此，有些人就认为阮嗣宗的咏怀诗真是很难加以解释，古人评论为

"百世而下，难以情测"。因此，有一些人就想尝试，试验给这些咏怀诗加以解释，说明它们到底说的是什么意思，而进行一种探寻、一种研究。我们讲阮嗣宗的这些咏怀诗，我认为先单纯地看这一首诗，我们直接从字面上欣赏、感受，能够体会些什么；然后，我们再按照前人的比兴、寄托的意思去探求，可以联想到一些什么。阮嗣宗的这首咏怀诗："嘉树下成蹊，东园桃与李。秋风吹飞藿，零落从此始。"从字面上看，可以明显地看到是一个非常鲜明的对比：从春日满园桃李的繁华、兴盛，转到秋风下的零落、凋零。那么，这样鲜明的对比说的是一些什么事情呢？

当然，从这一首看，他说的"凝霜被野草，岁暮亦云已"，应该是慨叹一个时代的衰乱危亡。表面上是慨叹一年的时节的推移代序，而实际是慨叹时代的衰乱、危亡。如果是慨叹时代的话，"嘉树下成蹊，东园桃与李"该是什么时代呢？"秋风吹飞藿，零落从此始"又该是什么时代呢？我们如果从"从此始"来看，那么，这个"此"指的应是当时魏晋之交的这个正始时代。我认为，"嘉树下成蹊，东园桃与李"这两句是说诗人有这样的一种感慨、一种向往，"东园桃与李"，并不是确指曹魏什么样的人物、什么样的时候，只是诗人心目中的理想的所怀思的一个美好的时代、一种美好的境界。这首诗后面说道："去上西山趾。""西山"是伯夷、叔齐当年隐居的地方。在《史记·伯夷列传》里记载着伯夷、叔齐的事迹。《伯夷列传》中说伯夷、叔齐临死之前作了一首歌：

其辞曰："登彼西山兮，采其薇矣。以暴易暴兮，不知其非矣。神农、虞、夏忽焉没兮，我安适归矣？吁嗟徂兮，命之衰矣！"

阮嗣宗在这里用了伯夷、叔齐的典故。我们从伯夷、叔齐作的这首歌中可以看到，伯夷、叔齐在临死的时候就慨然地想到，"神农、虞、夏忽焉没兮"，历史上难道未曾有过真正幸福、美好的时代吗？在儒家的历史记载上是有的。从前在历史上有神农氏的时代，有虞舜的时代，有夏禹的时代。那三皇五帝之世，在我们中国儒家的理想之中，是一些太平、安乐、幸福、美好的时代。然而，伯夷、叔齐生在神农、虞、夏的时代吗？没有，伯夷、叔齐是生于商纣灭亡、武王伐纣的时候，所以，阮嗣宗开头就说："嘉树下成蹊，东园桃与李。"人世之间岂不是应该有一段美好的境界吗？岂不是应该有像神农、虞、夏这样圣贤的君王吗？如果有的话，天下归心，四海一同，河清海晏，那该是如何幸福、美好的时候！我认为，"嘉树下成蹊，东园桃与李"就是诗人对如此幸福、美好的时代的一份追怀、向往了。可是，阮嗣宗所生活的时代是"秋风吹飞藿，零落从此始"的时代，是魏晋之交的危亡、篡乱的时代，所以，阮嗣宗发出了那种对生命灭亡之感，那种飘零的情事，给人的感慨就更深切了。

"繁华有憔悴，堂上生荆杞。"阮嗣宗说，人世之间本来就是如此，一些盛衰兴亡的转变都是如此：一切繁华的事物都会有一个憔悴的结果和下场。因为人一生下来的时候就注定了要有死的下场；人在聚会的时候就注定了要有分别离散的下场。有生必有死，有聚必有散，这是注定的结果。"繁华有憔悴"，"繁华"是说颜色美丽。班固《答宾戏》"朝为荣华，夕为憔悴"，意思是说，世上之事无常，一切繁华都是要有憔悴的。这一方面是命定的哀伤，另一方面我们也可以说它是一种悲慨。为什么如此之繁华，而居然会有零落呢？当我们看到繁华的时候，怎么居然相信会有零落呢？所以，"繁华有憔悴"这非常简单的五个字，包含了多少悲哀、多少感慨，写尽了古今盛衰兴亡的一切悲慨。"堂上生荆杞"，有一天，那厅堂之上就会长满了荆杞。"荆"是一种落叶的灌木，它的茎是丛生的，大概有四五尺高，枝干很坚劲，古代有人以荆木做手杖用。"杞"是枸杞，枸杞是药用植物的名字。也有人把"杞"解释为"棘"，"棘"也是一种植物，它是酸枣一类的植物，属落叶乔木。它的叶子上有很多针刺，可以挂住人的衣服。那么，"荆杞"这类植物都是生在荒芜的野外的，怎么会生在厅堂之中了呢？"堂"是一所房屋之中居最中央的、最美好的、最高大的建筑。厅堂是高朋满座、盛友如云的聚会之所，应该是富丽堂皇的地方，怎么会有那野外的荆杞生在这里呢？正如杜甫所说的：

江上小堂巢翡翠，苑边高冢卧麒麟。（《曲江二首》其一）

有一天，当年那些富贵人家所居住的厅堂，当人去楼空之后，当他们的子孙败落之后，当主人死亡离散之后，他们的厅堂当然就荒芜了，当然就陨圮了，当然就长满了这些野生的植物了。这句"堂上生荆杞"与上句"繁华有憔悴"是相连接的，是同样的意思。"繁华"居然会"憔悴","堂上"居然会生了"荆杞",这是何等的一份盛衰的感慨!

阮嗣宗又说:"驱马舍之去,去上西山趾。"如此之人世,如此之不可信赖,如此之不可掌握,如此之没有希望,是这样一个危亡、衰乱的时代,所以,"驱马舍之去",我要赶着我的马"舍之"。这个"舍"就如同"捨"一样,就是舍弃的意思。"舍之"就是离开它。这个"之"是代名词,代表零落、憔悴而长满了荆杞的地方,是危亡、衰乱之所在。诗人是说,我要赶着我的马,鞭策着我的马,离开这个地方,到很远很远的地方去。《诗经·魏风·硕鼠》上说:"逝将去女,适彼乐土。"我要离开这个地方,到哪里去呢?"去上西山趾",我要到西山的山脚下。"西山"就是《史记·伯夷列传》中说到的伯夷、叔齐隐居的那座山,就是首阳山。伯夷、叔齐本来是商纣时代孤竹国国君墨胎初的两个儿子。当武王伐纣,周武王灭了商纣之后,伯夷、叔齐就"义不食周粟"了。他们以为,武王作为一个臣子居然敢于讨伐他的君主,是"不臣"的表现。在《孟子》上曾经记载着这样一段对话:

> 齐宣王问曰:"汤放桀,武王伐纣,有诸?"孟子对曰:"于传有之。"曰:"臣弑其君,可乎?"曰:"贼仁者谓之'贼',贼义者谓之'残',残贼之人谓之'一夫'。闻诛一夫纣矣,未闻弑君也。"(《孟子·梁惠王下》)

齐宣王问孟子说:"商汤流放夏桀,周武王讨伐殷纣,真有这回事吗？"孟子说："在史籍上有这样的记载。"于是，齐宣王又问孟子说："作臣子的杀掉他的君主，这是可以的吗？"那么，商汤对于夏桀说起来，他不是臣子吗？周武王对商纣说起来不也是臣子吗？为什么一个臣子可以去讨伐他的君主呢？这岂不是以臣弑君吗？孟子回答说："破坏仁爱的人叫作'贼'，破坏道义的人叫作'残'。这样的人，我们就叫他作'独夫'。我只听说过周武王诛杀了独夫殷纣，没有听说过他是以臣弑君的。"

在孟子的观念上认为，商纣王这个人既然是不君，他不以做君主的态度来保爱他的子民，那么，他的子民当然也可以不以对待君主的眼光来看待他。可是，这只是站在一方面来说，如果说我们只是就对于人民幸福生活的利害而言，那么，也许商纣王是暴虐的，而周武王伐纣对人民是一种拯救，我们未始不可以这样说。然而，如果我们从另一方面来说，我们从另外一个观念来看，就是说从一个人自己的感情的操守上来看，那么，商纣虽然是君，是不君的，而周武王以臣弑君，那岂不是也不臣了吗？如果按照这个道理推论下去的话，君臣是人类之间的一种伦理，如果君不君，臣就可以不臣的话，父子之间，是不是当父不父的时候，子就可以不子呢？而且，同样地推起来的话，在夫妇、兄弟、朋友之间，是不是如果丈夫不忠实的话，妻子也应该如此呢？在朋友之间，别人既然对我诈欺，我也应该对他诈欺吗？是不是可以如此呢？那么，有一些人从个人的感情的操守上看，认为不应如此。他们认为，尽管父虽然不父，但子总归是子的。同样的，夫妻之间、朋友之间也应该是如此的。别人尽管不忠实，然而，我应该是忠实的。这不仅是说我对对方应该忠实，而且是因为我对自己的品行、情操上的忠实。所以，关于伯夷、叔齐之隐居首阳山，"义不食周粟"，关于周武王之攻伐商纣，这是站在两种不同的观点上，用两种不同的感情来对待的。我们应该同样地尊重他们。

伯夷、叔齐就不赞成周武王伐纣，认为这是以臣弑君了，因此，他们耻食周粟。他们认为，如果在周武王之世，他们要出来仕宦是一种可耻的事情，所以，他们就隐居到西山去了。伯夷、叔齐的这种清高的操守非常值得我们尊重。他们既然是不出来仕宦而隐居西山，那他们当然无以为生了，所以，就"采薇而食之"，采首阳山的薇蕨（一种野菜）来吃。当这种野菜被他们采光了，或者冬天来临了，薇蕨没有了，不久以后，伯夷、叔齐就饿死在首阳山上了。这段故事见于《史记·伯夷列传》。阮籍曾经写过一篇赋，叫《首阳山赋》，就是借伯夷、叔齐的故事来抒写他自己当时的襟怀的。我在前面讲阮嗣宗生平的时候就曾经讲过，阮嗣宗这种清高的、放纵的个性，而委曲求全地存身在当时魏晋之间的政坛之上，他内心之中有许多悲苦、烦乱，他非常向往像伯夷、叔齐那样能够高隐而不顾一切的生活，所以，他说"驱马舍之去"，我要"去上西山趾"。"趾"就是山脚下。趾本来是足趾、脚趾头，这里解释为山脚下，就是山根儿底下。他说，我要赶着马离开这样的地方，到那西山的山脚下隐居起来。

"一身不自保，何况恋妻子！"我刚才说过了，阮嗣宗在当时魏晋之交的危乱之时，他有那种委曲求全的悲哀和痛苦。有的时候，人之所以肯于委曲求全，还不只是因为自己的缘故，不是自己贪生畏死而委曲求全，有时不是的，而是因了对自己的亲属、家人的一份保爱之意。因为，有的时候会因为自己而连累到整个家族。阮嗣宗的这首咏怀诗里边就把这种矛盾、这种忧思表现出来了。他说，我有时想到我一身的安危都不能够自保，"何况恋妻子"！何况说我还要恋念、还要保爱我的妻子、儿女，我如何能够保全他们呢？像这样的危亡之世，有一天说不定就会有杀身之祸。所以，当时的阮嗣宗就说了："一身不自保，何况恋妻子！"

"凝霜被野草，岁暮亦云已。"当我抬起头来，看一看我现在所处的这个时代，那真是一个"凝霜被野草"的时代。"凝霜被野草"的"凝霜"是说凝结的寒霜。我们一般地说露是露水，而当这种露水遇到寒冷的时候，它就会结成一层薄薄的冰，成为"凝霜"了。"霜"字上面加上一个"凝"字，就更把那一份寒冷的意思表现出来了。这个"被"是遮覆的意思。我们常说，用被子把我们的身体遮盖起来，所以，整个都遮蔽了就是"被"。阮嗣宗说，那寒冷的严霜整个地把郊原四野的野草都遮盖的时候，有什么生物还能保全下去呢？那么，四野的草木都在凝霜的覆盖、遮蔽之中，都在这种摧毁、零落之中，所以，"岁暮亦云已"了。"岁暮"是一年最后的日子，一年就要过去了，这里，阮嗣宗是隐喻一个时代的最后的日子，既然是到了这样岁暮的日子了，那我只好说一切都完结了，什么希望都没有了。这首诗表现得非常绝望，同时，也表现了他在这危亡、衰乱之时，那一份要苟且、委曲求全地求生的矛盾和悲哀。所以，阮嗣宗最后四句诗说："一身不自保，何况恋妻子！凝霜被野草，岁暮亦云已。"

我这样讲解阮嗣宗的这首咏怀诗，也把这首诗的隐喻时代危亡的意思指了出来，因为这是很明白地就可以看到的。可是，关于这一首诗还有另外的解说，那就是我以前曾经谈到过的清朝的陈沆所著的《诗比兴笺》中的解释。陈沆的《诗比兴笺》里边选录了阮嗣宗的一些咏怀诗，并加以解说笺注。关于这一首诗，陈沆是这样说的：

> 司马懿尽录魏王公置于邺，嘉树零落，繁华憔悴，皆宗枝剪除之喻也。不然，去何必于西山？身何至于不保？岂非周粟之耻，义形于色者乎？而不蹈叔夜非薄汤武之祸，则比兴殊于指斥也。

陈沆认为，那是在当时司马懿曾经收录了曹魏的一些王公、一些公侯，都把他们安置在邺的地方。"嘉树零落，繁华憔悴"比喻的是什么？是比喻当时曹魏的一些宗室都受到司马懿的铲除，受到司马懿的戕害。按照陈沆的意思，认为"嘉树下成蹊，东园桃与李。秋风吹飞藿，零落从此始。繁华有憔悴，堂上生荆杞"这些句子，写的是曹魏的宗室受到司马氏的剪除。可是，我讲的意思是说，这首诗整个是写时代的危亡和衰乱。我认为，"嘉树下成蹊，东园桃与李"应该是对一个美好时代的向往，来与这危亡的时代作对比。那么，像伯夷、叔齐临死想到神农、虞、夏一样，如同陶渊明生在东晋末年，当刘裕要篡晋的时候而写了《桃花源记》一样，这是一份向往。可是，陈沆说，这是指曹魏的宗室被剪伐。在这一点上，我的解释与陈沆的意思是不大相同的。而后面的一半，陈沆的说法跟我刚才所讲的意思是一样的。陈沆说："不然，去何必于西山？身何至于不保？岂非周粟之耻，义形于色者乎？"他的意思是说，如果阮嗣宗不是指的司马氏的话，为什么要用伯夷、叔齐的典故呢？为什么要"去"到西山呢？为什么又说到"一身不自保"呢？为什么要用伯夷、叔齐的典故？那岂不是"周粟之耻，义形于色"吗？"周粟之耻"，就是耻食周粟，也就是耻于在司马氏手下做事情。如果司马氏果然有篡逆之心的话，阮嗣宗是不甘于依附这样的奸逆的。所以，陈沆认为这首诗是讽刺司马氏的，这当然是可能的。陈沆说"而不蹈叔夜非薄汤武之祸"，是说阮嗣宗没有像嵇叔夜（嵇康）一样招来杀身之祸。嵇叔夜为什么招来杀身之祸呢？因为嵇叔夜的"非薄汤武"是非常明显的指斥。上面我就曾经说过了，"汤放桀，武王伐纣"是以臣弑君了，那么，当时司马氏既然有篡逆的野心，而嵇叔夜之非薄汤武，当然所非薄的就是司马氏了，这是很明显的，所以，就被钟会所谗毁而被杀死了。而阮嗣宗在诗中说得比较含蓄，比较婉转，他说"去上西山趾"，这就是比兴与明言指斥的不同。所以，阮嗣宗得到保全，而嵇叔夜被杀死了。

昔日繁华子

昔日繁华子，安陵与龙阳。
夭夭桃李花，灼灼有辉光。

悦怿若九春，磬折似秋霜。

流盼发姿媚，言笑吐芬芳。

携手等欢爱，宿昔同衣裳。

愿为双飞鸟，比翼共翔翔。

丹青著明誓，永世不相忘。

　　阮嗣宗的这首咏怀诗，从表面看是写人与人之间的一种感情，一种彼此相信的信念。

　　我在讲到《二妃游江滨》那一首诗的时候就曾经说到，那首诗的前半首也是写这种互相倾心、互相相许、互相信赖的感情。可是，在"二妃游江滨"的后来，这种感情有了变化，他们离别了，分散了。现在，我们要讲的这第四首咏怀诗，只写到当年感情的美好，没有写到后来的离别、分散。那么，这样的诗歌就可以有两种意思：一种是说，只是对那种单纯的欢爱、美好的怀思、向往；另外我们也可以说是以当年的这种欢爱，这种彼此信赖的一份美好的感情做一种对比，来慨叹今日之相背弃。不过，这种背弃没有明白地在这一首诗里写出来，只是把一个反比的、从前的美好写出来而已。那么，阮嗣宗所写的是什么呢？

　　"昔日繁华子，安陵与龙阳。"从前有过这样的繁华的、美好的人物。"子"者，是古代男子、女子的通称。男子可以叫子，女子也可以叫子。"繁华子"就是指一些幸福的、美好的、得意的人物。他们是谁呢？是"安陵与龙阳"，他们就是安陵与龙阳。那么，安陵与龙阳是什么人物呢？《说苑》的《权谋》篇里边记载：

安陵缠以颜色美壮，得幸于楚共王。江乙往见安陵缠曰："子之先人，岂有矢石之功于王乎？"曰："无有。"江乙曰："子之身岂亦有乎？"曰："无有。"江乙曰："子之贵何以至于此乎？"曰："仆不知所以。"江乙曰："吾闻之，以财事人者，财尽而交疏；以色事人者，华落而爱衰。今子之华，有时而落，子何以长幸无解于王乎？"安陵缠曰："臣年少愚陋，愿委质于先生。"江乙曰："独从为殉可耳。"安陵缠曰："敬闻命矣！"江乙去。居期年……其年，共王猎江渚之野，野火之起若云蜺，虎狼之嗥若雷霆。有狂兕从南方来，正触王左骖，王举旌旄，而使善射者射之，一发，兕死车下。王大喜，拊手而笑，顾谓安陵缠曰："吾万岁之后，子将谁与斯乐乎？"安陵缠乃逡巡而却，泣下沾衿，抱王曰："万岁之后，臣将从为殉，安知乐此者谁！"于是共王乃封安陵缠于车下三百户。故曰："江乙善谋，安陵缠知时。"

"安陵缠"的"安陵"就是安陵君，他的名字叫"缠"。"以颜色美壮，得幸于楚共王"，因为安陵缠的颜色非常美好，所以，他得到楚共王的宠爱。当时，有一个叫江乙的人对安陵缠说："吾闻之，以财事人者，财尽而交疏；以色事人者，华落而爱衰。今子之华，有时而落，子何以长幸无解于王乎？"因为安陵君得到楚共王的宠幸是因为他容颜之美好。古时候，有一些人，不但是女子得到宠幸是因为她容颜之美，有的时候，男子得到宠幸也是因为他容颜之美。江乙对安陵缠说："我曾经听说过，如果以财货、财宝来侍奉人，财尽则交疏。"那么，当你的财货用完了的时候，你的感情也就失去了。因为你之所以能够和他维系感情，只是因为你的金钱的缘故。所以，当你的金钱没有了，感情也就消失了。同样的缘故，"以色事人者，华落而爱衰"，如果以颜色的美好来与人相交往、来侍奉人的话，当你的容貌衰老以后，你所得到的宠爱也就减退了，也就失去了。现在，安陵缠是因为他颜色之美才得到楚共王宠幸的，因此，江乙说："子何以长幸无解于王乎?""你怎么能够长久地被宠幸呢?"

"其年，共王猎江渚之野，野火之起若云蜺，虎狼之嗥若雷霆。有狂兕从南方来，正触王左骖，王举旌旄，而使善射者射之，一发，兕死车下。"一年以后的一天，恰好楚共王出去打猎，在江边的野外，有一只猛兽"兕"从南方跑来，就正碰到左"骖"上。"骖"是驾在辕马两旁的马。当时，有一个擅长射箭的人，射死了这只猛兽兕，兕就死在楚共王所乘的车子的下面。于是，楚共王就对安陵缠说："如果千秋万岁以后，有一天我死了，那么，你跟谁一起游乐?"因为当时安陵君是侍奉楚共王出来打猎的，所以，楚共王才问到他。这时，安陵君马上就"泣下沾衿"，当时就流下泪而且沾湿了他自己的衣服，回答楚共王说："万岁之后，臣将从为殉，安知乐此者谁!"他说，大王你千秋万岁之后，如果你一旦离开了世界，我愿意为你而殉死。楚共王听了之后，当然是非常高兴的，"于是共王乃封安陵缠于车下三百户"，就把车下三百户的地方封给了安陵缠。

"故曰：'江乙善谋，安陵缠知时。'"所以，人们说，江乙善于给他出主意，安陵君果然善于把握机会而感动了楚共王，得到了三百户的封地。这就是安陵君的故事。

那么，"龙阳"是谁呢？"龙阳"见于《战国策》的《魏策》。《战国策》的《魏策四》上记载着说：

> 魏王与龙阳君共船而钓，龙阳君得十余鱼而涕下。王曰："有所不安乎？如是，何不相告？"对曰："臣无敢不安也。"王曰："然则，何为涕出？"曰："臣为臣之所得鱼也。"王曰："何谓也？"对曰："臣之始得鱼也，臣甚喜。后得又益大，今臣直欲弃臣前之所得矣。今以臣凶恶，而得为王拂枕席。今臣爵至人君，走人于庭，辟人于途。四海之内，美人亦甚多矣，闻臣之得幸于王也，必褰裳而趋王，臣亦犹曩臣之前所得鱼也，臣亦将弃矣！臣安能无涕出乎？"魏王曰："诶！有是心也，何不相告也？"于是布令于四境之内，曰："有敢言美人者，族。"

"龙阳"就是龙阳君。"魏王与龙阳君共船而钓"，有一天，魏王和龙阳君同坐一条船钓鱼，"龙阳君得十余鱼而涕下"，龙阳君本来钓上来很多鱼，有十几尾，而他却流下泪来。王曰："有所不安乎？"于是，魏王就问龙阳君说："你心里有什么不安的事情吗？"对曰："臣无敢不安也。"龙阳君说："没有。"王曰："然则，何为涕出？"魏王就问龙阳君说："那么，你为什么流出泪来呢？"对曰："臣之始得鱼也，臣甚喜。后得又益大，今臣直欲弃臣前之所得矣。今以臣凶恶，而得为王拂枕席。今臣爵至人君，走人于庭，辟人于途。四海之内，美人亦甚多矣，闻臣之得幸于王也，必褰裳而趋王，臣亦犹曩臣之前所得鱼也，臣亦将弃矣！臣安能无涕出乎？"于是，龙阳君回答说，当我刚刚开始钓上鱼来的时候，我也很高兴。我后来钓的鱼越来越多，也越来越大，我就以为，我后来钓上来的鱼更好了，于是，我就想把开始钓上来的鱼抛弃掉。因为我钓鱼的这样一种感情、这样一种联想，我就想到，现在以我这样一个不好的人（这里是龙阳君自谦），而能够为王拂枕席，能够侍奉在大王的左右（这里的"拂枕席"就是亲近地侍奉在左右的意思），我的爵位被封为龙阳君；在朝廷上，大臣们都趋附我；在路上，人们为我让道。而四海之内，美丽的人太多了，他们听说我得到大王您的宠幸，于是，那些人也想得到王的宠幸，所以，那些容颜美好的人也都急于跑到王这里来，而想得到王的宠幸。"褰裳"本来是说把衣服提起来，为什么要把衣服提起来呢？为的是走路好快一点，急于跑到这里来。"趋"就是趋走，到王的面前，希望得到王的宠幸。如果天下这些美丽的人都跑来的话，我就如同今天开始钓鱼时所得到的第一条鱼一样，将会被抛弃。现在，王对我很好，如果将来有人比我更好、更美，这样的人来得多了，您岂不是要把我丢弃掉了吗？所以，我想到有一天我要被王所抛弃，怎么能不流下泪来呢？于是，魏王就下了一道命令，说如果再有人敢对我说什么美人的事情，我就会把他的全家杀死。因此，龙阳君就保全了他的宠幸了。

　　以上是关于安陵与龙阳两个人的故事。阮嗣宗这首诗中所提到的"安陵与龙阳"还有一种意思，也就是在君王的附近、身侧的人，能够得到君王宠幸的人。历来批评、解说这首诗的人都认为这里的"安陵与龙阳"是隐指司马氏。因为在当年，司马懿、司马师、司马昭他们父子是极其受到魏王宠幸的。我前面曾经讲过，引用《三国志》中在魏明帝景初三年，魏明帝临死的时候，曾经把他的小儿子齐王芳托给司马懿，而且，还叫齐王芳抱住司马懿的头颈，表示这种托孤的深意。所以，很多批评、解说诗的人就认为这里的"安陵与龙阳"就是指司马懿父子得到魏明帝这样的宠幸和信赖。现在，我们还是先讲解这首诗，把它的比兴、寄托放到后面去讲。

"昔日繁华子，安陵与龙阳。"这两句是说，从前有非常幸福、美好、得意的人物，比如说像当年的安陵君、龙阳君。当他们美好、幸福的时候，真是"夭夭桃李花，灼灼有辉光"。"夭夭"两个字是少好之貌，见于《诗经》。《诗经·周南》中《桃夭》一篇中这样说：

> 桃之夭夭，灼灼其华。
>
> 之子于归，宜其室家。

《诗经》中"夭夭"的注解就是少好之貌，年轻而美好的样子，说桃花春天长得非常茂盛的样子。"灼灼"是鲜明的样子。在《桃夭》篇中也有注解，是光彩、鲜明的样子。本来这个"灼"字是"火"字边，是说火焰有光彩的样子，在这里，当然是说安陵君与龙阳君了。当年他们真是就像春天如此茂盛、美丽的桃花和李花一样，

"灼灼有辉光",真是这样鲜明,这样有光彩。

"悦怿若九春,磬折似秋霜。""悦怿"是喜乐、爱悦的意思。他们之讨人爱悦、喜乐,是因为他们就好像春天一样美丽。这里,春天为什么说是"九春"呢?

我们有时说九春,有时说九秋,"雁背霜高正九秋"(《晚秋杂诗六首用叶子嘉莹韵》)。为什么说九春或者九秋呢?因为我们一般习惯把一年分成春夏秋冬四时,每一时季是三个月,九十天。春天是九十天,所以说"九春";秋天也是九十天,称作"九秋"。我们常常在一些诗文中看到"九春""九秋"的字样。"悦怿若九春"是说他们是这样惹人喜爱,这样美好,好像是那九十日的春光一样美好。"磬折似秋霜","磬"是一种乐器,以玉或石为之,其形如矩,击以发声①。说磬这种乐器是用玉或者石头一类东西做成的,它的形状就好像弯曲的矩尺一样,如果敲击它,它会发出很美好的声音。古人有时用"磬"来形容人的身体曲折的样子。比如说,把我们的身体的上半部分曲折向下,鞠躬行礼,以此行为表示恭敬,就称之为"磬折"。在鞠躬的时候,我们的身体是佝偻的、弯曲的,上身要倾俯向前,好似"磬"的形状。在《礼记》的《曲礼》上有这样一句话:"立则磬折垂佩。"意思是说,当我们站立的时候,表示恭敬、有礼节的样子,上身应该是弯曲向前的,我们身上所佩戴的佩饰是下垂的。《礼记》的注疏上也这样说:"身宜偻折,如磬之背。"说我们的身体应该是佝偻、曲折的,像磬的背一样曲折向下。

---

① 可参王黼:《宣和博古图》卷二六《磬总说》,明万历十六年泊如斋刊本。

在《尚书大传》上记载说："诸侯来受命，周公莫不磬折。"（《文选·咏怀诗十七首》李善注引）说诸侯来受命的时候，周公都对他们磬折，是表现周公谦恭下士。所以说，"磬折"两个字是表示一种谦恭、恭敬的样子。"似秋霜"的"秋霜"是什么意思呢？我们知道，秋天的霜是严寒的、严肃的。当秋霜降下来的时候，草木就好像是受到秋霜的惩罚似的，被摧折了。这里是说"磬折"的样子是很恭敬的，很卑微的，很听命令的，很守本分的，好像是草木被秋日的严霜所肃杀一样。

"流眄发姿媚，言笑吐芬芳。""流眄"的"眄"同"盼"，是眼睛转动的样子。当他美妙的眼睛转动起来的时候，真是"发姿媚"，就表现出来娇媚的姿态。他的姿态是这样娇媚，而且"言笑吐芬芳"。他的言语，他的欢笑，从他的口中吐露出来的声气是如此之芳香。宋玉的《神女赋》就曾经有这样的话："陈嘉辞而云对兮，吐芬芳其若兰。"那个美丽的神女，当她在你面前问答的时候，她陈述那美好的言辞的时候，就"吐芬芳其若兰"。她口中吐出的真是如此芳香的气味，好像是兰花一样的芬芳。

阮嗣宗这首咏怀诗的开头几句是说，当年有这样美好的人物，是安陵君与龙阳君这样的人物。他们像桃花、李花一样鲜艳，一样有光彩。他们之讨人欢喜，就像九春的春天一样，他们之恭敬，就像秋天严霜之下的草木。他们眼睛之流动，表现出这样娇媚的姿态，当他们言语欢笑的时候，口中吐露出如此芬芳的气息。

"携手等欢爱，宿昔同衣裳。"那个时候，君王对安陵君、龙阳君这样的人真是"携手"并肩。"携手"是极言其行动举止亲近不分离的样子，总是手拉着手，肩并着肩"等欢爱"。"等欢爱"是何等的欢爱。古人常常省略一个字，比如说韩退之韩愈被贬到潮州的时候，曾经写过一首诗，他说："欲为圣明除弊事，肯将衰朽惜残年！"（《左迁至蓝关示侄孙湘》）"肯将衰朽惜残年"的"肯将"不是"肯将"，而是"岂肯将"的意思，是说我哪肯爱惜我衰朽的残年。所以，这里的"等"是"何等"的意思。在中国的诗文之间，往往会有这种情形，即常常省略掉一个字，说"岂肯"不说"岂肯"，而说"肯"；"何等"不说"何等"就说"等"。阮嗣宗这里是说，当年他们真是携手并肩，是何等的欢爱。"宿昔同衣裳"，"宿昔"，一夜叫"宿"，现在，我们有时也讲一宿，就是一夜的意思。这个"宿"字俗念"xiǔ"。"昔"也是夜。《庄子》的《天运》篇说："通昔不寐。""通昔不寐"就是通夜不寐，通夜不寐就是整夜都没有睡。所以，这句诗的"宿昔"就是夜夜的意思。"宿昔同衣裳"是说他们感情之欢爱、之美好，真是手拉着手，如此相欢相爱，真是朝朝暮暮、夜夜通宵在一起。"同衣裳"是表示非常亲近的样子。《诗经·秦风·无衣》上说："岂曰无衣？与子同袍。"《诗经》上所说的同衣同袍是说军旅中将士、士卒之间的和好、同心，同仇敌忾。有的时候，"同衣裳"也代表夫妻之间感情的美好。在这首诗中，表示一种欢爱的、亲近的感情，是说他们真是夜夜同寝共枕，"同衣裳"的亲密的感情。

"愿为双飞鸟，比翼共翱翔。"当时，他们的愿望真是希望做一对比翼双飞的鸟，他们的翅膀挨着翅膀，比翼双飞，共同地翱翔在云霄之间。所以，在天愿作比翼鸟，在地愿为连理枝。这是何等的一份誓言！何等的一份信爱之心！

"丹青著明誓，永世不相忘。"他们这一份欢爱、美好的感情，信赖、交托之心是"丹青著明誓"。什么是"丹青著明誓"？"丹"是说红的颜色，"青"就是青的颜色。丹青这两种颜色是用来画图画用的。"明誓"是说明白的誓言，这样坚决、明白的誓约，一种宣誓的誓词。"著"是写下来。阮嗣宗说，这种明白的誓言是用丹青的颜色写下来的，这表示什么？表示这种誓约之坚定、不改变。《东观汉记》里边记载着光武帝的一个诏命，说"明设丹青之信"，意思是说，我们要如此明白地设立一个以丹青写下来的这样一个坚定不变的信约。所以，"丹青著明誓"是表示用丹青的颜色写下的这一个明誓是何等坚定，永不改变。"永世不相忘"是说这样明明白白用丹青写下来的誓约，我们千年万世，永远永远不会互相忘记，不会互相背弃。

阮嗣宗的这首咏怀诗，从表面上看，他写的是何等的一份信心，何等的一份爱意。可是，我们知道，当时阮嗣宗写这首诗的时候，不管他只是正面地写一份欢爱、信赖的感情，还是他在这首诗里边已经有一种隐约的反面的讥刺之意，都是要表示感慨，像这样的信心、这样的爱心是不可得的。即使是他正面地写，那也只是表示对那种美好的感情的一种向往、一种怀思。何况前人批评这首诗，说它是讥刺司马氏父子。陈沆在《诗比兴笺》中就这样说："丹青明誓，慨托孤寄命之难。"意思是说，阮嗣宗感慨魏明帝当时的那一份"托孤寄命"的信赖之心，后来终究被司马氏背弃了。

阮嗣宗的这首咏怀诗，虽然表面上写这一份感情的美好，但其中很可能有另外的一种用意。就是以这一份感情的美好作反衬，慨叹这一份感情并不是真的就如此可以交托、信赖，如同前面我们所讲过的阮嗣宗的第二首咏怀诗中所说的"如何金石交，一旦更离伤"。他是把这一份美好的感情当作那互相背弃的一个反面的陪衬。如是说来，这一首诗究竟说的是什么呢？

本来只是这一份感情的不可信赖的一种反衬，就已经能够引起我们对人世之中的很多感慨了。比如说，像杜甫有一首诗，题目叫《贫交行》，说："翻手作云覆手雨，纷纷轻薄何须数。"杜甫说，世界上有许多不可信赖的感情，那种感情的变化，那种感情的背弃，像什么一样？就像翻手为云，覆手为雨一样。那种云雨的变化，一下子是晴天，一下子就阴天，一下子就下雨。他说这种阴雨、阳晴的变化就如同翻手、覆手一样容易。我们的手掌翻起来是何等容易的事情，而有的时候，感情之不可信赖，那种互相遗忘、互相背弃，就跟天上的阴晴、云雨一样之不可把握、不可捉摸，而且，变化得很快，很容易。所以说，这首诗本来只是写人世之间的这样的一种悲慨，就已经写得很好了，而且，这是任何一个时代、任何一个人物都可以感受到的一份悲慨。不过，前面我已经说过了，阮嗣宗的这些咏怀诗，有人已经对它有另外的笺注和解释了。因为阮嗣宗"身仕乱朝"，生当魏晋之交的时候，看到了司马氏父子之专权，因此，有许多人认为，他的诗不是很浮泛地写一般的人情冷暖变化之不可信赖而已，而是有更明确的一种意思，即指的是当时的那个时代。那么，阮嗣宗的这首咏怀诗指的是什么事情呢？前面我也曾说过，陈沆的《诗比兴笺》里边的《阮籍诗笺》，认为《昔日繁华子》这一首诗是指的司马氏父子。陈沆说：

> 典午父子，阴谲险诈，奸而不雄。……咏怀多妾妇之况，
> 嘲笑代其怒詈；比兴韬其刺讥。金石离伤，明翻云覆雨之易。
> 丹青明誓，慨托孤寄命之难。

"典午父子，阴谲险诈，奸而不雄。""典午"就是司马的别称。
"典"就是主持一件事情，管理一件事情，也就是司。"司"也是主
持、管理的意思。所以，"典"同"司"的意思是一样的。"午"就
是马的意思。我们中国有十二个属相，如说"午马"，就是"子鼠、
丑牛、午马"的午马。所以说，"午"就是马。可见，"典午父子"
就是司马氏父子。说这些人是如此之阴险，如此之诡谲，如此之
险诈，所以，他们就"奸而不雄"了。陈沆说："咏怀多妾妇之况，
嘲笑代其怒詈；比兴韬其刺讥。"他说，阮嗣宗的咏怀诗多半都以
妾妇之辞来比喻当年的司马氏父子。这里陈沆指的是，像《二妃游
江滨》这一首诗指的是司马氏父子，像安陵君跟龙阳君这些受到宠
爱、庇爱的小人，也指的是司马氏父子。陈沆认为，阮嗣宗以嘲笑
来代替他的那种怒骂，用比兴寓托之辞来韬晦他的刺讥之意。"金
石离伤，明翻云覆雨之易。丹青明誓，慨托孤寄命之难"，所以，
陈沆说，《二妃游江滨》那首诗中"如何金石交，一旦更离伤"中
的"金石""离伤"就是证明，说明"翻云覆雨之易"。这里的"翻
云覆雨"就是刚才我所引的杜甫那首诗中说的"翻手作云覆手雨，
纷纷轻薄何须数"，是说人世之间人情冷暖的变化就像翻手为云覆

手作雨一样，意思指司马氏父子之背弃曹魏，真是如"翻云覆雨"一样容易。"丹青明誓，慨托孤寄命之难"，他说"丹青著明誓"是在感慨曹魏的魏明帝托孤寄命的那一份艰难的用心。以前我们曾经讲过魏明帝在临死之前，曾经"忍死"等到司马懿回来，把他的儿子齐王芳交托给司马懿，希望司马懿能够辅佐齐王芳，真是"托孤寄命"的一份艰难用心。

天马出西北

> 天马出西北，由来从东道。
> 春秋非有托，富贵焉常保？
> 清露被皋兰，凝霜霑野草。
> 朝为媚少年，夕暮成丑老。
> 自非王子晋，谁能常美好？

"天马出西北，由来从东道"的"道"字，我们现在一般都念"dào"，但古时候这个字读上声，念"dǎo"，跟后面几句诗末尾的字"保""草""老""好"是押韵的。

阮嗣宗的这首咏怀诗，我们还是先讲解它表面的字义，然后，我们再看前人的喻托之说是怎么样解释的。

"天马出西北，由来从东道。"这首诗从表面上看，如结尾两句诗所说的"自非王子晋，谁能常美好"，是说一些美好的事情不能够长久保全，天下很多事情不是人类所能掌握的、所能把持的。所以，开头两句诗就以"天马"来作比喻，说天马是出于西北的。什么是天马呢？《史记·大宛列传》说：

> 初……得乌孙马好，名曰"天马"。及得大宛汗血马，益壮，更名乌孙马曰"西极"，名大宛马曰"天马"云。

《大宛列传》的"宛"字是指西域的一个国家的名称。《大宛列传》上说汉朝的时候，起初从西域的乌孙国那里得到一种好马，为了对这种马表示赞美，所以，就把这种马称为"天马"；"及得大宛汗血马"，可是，后来又得到西域的大宛国所出的一种马，叫"汗血马"。据说汗血马能够走千里之路。在它走了很长远的路之后，流出汗来，它的汗出如血，像血一样。这正是这种名马的特征。所以，人们就管它叫作"汗血马"。"益壮"，说是这种汗血马比当初所得到的乌孙马更矫健、更强壮，所以，就"更名乌孙马曰'西极'，名大宛马曰'天马'"，把乌孙马改名叫"西极"，管大宛的马叫"天马"。因此说，"天马"就是西域大宛国的马。大宛国位于我们中国的西北方。阮嗣宗说"天马出西北"，是说像天马这样的名马是出产于西北的地方。什么叫"由来从东道"呢？沈约解释这句诗说："由西北来东道也。"其意思是说，天马是由西北来到我们中国，我们中国相对西域的大宛国来说，我们是在东方，所以，天马由西域而来东方，所走的道路就是东道。因此，阮嗣宗说，天马本来出自西北，它怎么会来到东方的中国呢？它是经过一条往东的道路来到中国。阮嗣宗的意思是说，天下有很多事情你是不能保留住的，像天马这样的好马也不能够长久地留在故乡而不离开。宋朝的一个词人叫秦少游，他所写的两句词是："郴江幸自绕郴山，为谁流下潇湘去？"（《踏莎行·郴州旅舍》）这是秦少游被贬官到湖南郴州时所写的两句词。在郴州那里有一条江叫作郴江，那里还有一座山叫作郴山。那郴江本来就是在郴山的山下流过去的，因此，秦少游说"郴江幸自绕郴山"，他说郴江本来是幸福的，是美好的，它就流在郴山的脚下。可是，他第二句就说了："为谁流下潇湘去？"郴江能够永远地流在郴山的山脚下吗？不能的，郴江流走了，流到哪里去了？滔滔的江水一逝无还，流向潇湘这样远的地方去了。那么，天马本来是出自西北的，为什么居然来向东道呢？可见，有多少人离开了他的故乡，失去了他当年所保有的、所喜爱的一切。一切都改变了，无可把握了。阮嗣宗在这首诗的头两句就写出了这样的一份悲哀，就是秦少游所写的："郴江幸自绕郴山，为谁流下潇湘去？"

接下去，阮嗣宗写同样的一份悲慨："春秋非有托，富贵焉常保？""春秋非有托"的"托"字，郑玄的《礼记注》上有这样一种解释："托，止也。"（《文选·咏怀诗十七首》李善注引）就是停止的意思。本来我们说到一个托身的地方去，就是说托身在哪里，我们留在哪里，停止在哪里。沈约解释阮嗣宗这首诗，说："春秋相代，若环之无端，天道常也。"沈约说，春去秋来，这春秋四季之互相更迭、互相替代，就像一个圆圆的环一样，是没有头尾的，哪里是它的开始？哪里是它的终了？永远是循环的，你找不到它的尽头之所在。这里，我们简单地把春夏秋冬四季说成是春秋，实际上不是说从春一下子就跳到秋了，当然中间还有夏，而且秋之后还有冬。我们一般就以春秋两个字代表了一年整个四时的变化了。所以说"春秋相代"就"若环之无端"，这正是"天道常也"。这正是天道之常，天道的四时运行就是如此循环不已的，没有一个停止的地方。因此，阮嗣宗说"春秋非有托"。人类的一些改变、一些更迭就如同春秋四季一样"非有托"，它没有一个停止的所在。春去夏来，夏去秋来，秋去冬来，然后，冬去又是春来，永远是这样循环，没有一个停止。人世的多少盛衰，多少兴亡，一切的改变也是如此。你不能够停留在一点上永不改变，这是一件不可能的事情。你如果喜欢春天，你要把阳春三月永远留住，哪里有这样的事情？春天是不会停止在这里的。所以，阮嗣宗说"春秋非有托"。同样的，天道是如此，人世何尝不是如此呢？人世之间的富贵繁华"焉常保"。"焉"是说如何。人世的富贵繁华又如何能够长久地保持下去呢？有盛必有衰，这是必然的事情了，所以说"富贵焉常保"。

"清露被皋兰，凝霜霑野草。"有一天，当春去秋来的时候；有一天，当你的美好的日子失去的时候，那是什么时候？"清露被皋兰"，就如秋天来临的时候一样，那凄清、寒冷的露水洒在皋兰的上边了。"皋兰"的"皋"是说靠近水的潮湿的地方，一些低湿的地方叫"皋"。"兰"当然是一种花，一种兰花。所以，"皋兰"就是水边上的兰花。因此，就有"兰叶春葳蕤"（张九龄《感遇十二首》其一）的诗句了。说兰花在春天的时候，长得这样茂盛，长得这样美好。从前唐朝的陈子昂、张九龄，他们都曾写过《感遇》诗，都曾经以兰花做过比喻，里边有一首诗是这样说的：

> 兰若生春夏，芊蔚何青青！
> 幽独空林色，朱蕤冒紫茎。
> 迟迟白日晚，袅袅秋风生。
> 岁华尽摇落，芳意竟何成？（《感遇三十八首》其二）

陈子昂说，兰花和杜若这类植物，在春天的时候，是"芊蔚何青青！幽独空林色，朱蕤冒紫茎"。可是，有一天，春去秋来，"迟迟白日晚，袅袅秋风生"。当秋风吹起的时候，"岁华尽摇落"，那一岁的芳华都凋零摇落了，留下什么？是完全落空了。所以，阮嗣宗这首诗说"清露被皋兰"，那水边的兰花在春天的时候真是"芊蔚青青"，这样茂盛，这样美好。可是，有一天，秋天的凄清的寒露会洒遍在这兰花上。"被"本来是覆盖的意思。覆盖、遮盖就是洒满了，被寒冷的露水遮盖了，兰花当然就凋零、萎落了。"凝霜霑野草"，不但是清露洒遍了皋兰，而且，有一天更冷了，那凝结的严霜就沾湿洒遍在野草上边，野草也都枯萎、凋零了。

关于这种悲哀，阮嗣宗在他的诗里边也常常表现。我们在之前讲过的第三首咏怀诗里边不是就有这样一句诗"凝霜被野草，岁暮亦云已"吗？当严霜洒遍了野草之上的时候，百卉都凋零了，一切的芳菲都零落了。阮嗣宗在这首咏怀诗中说："清露被皋兰，凝霜霑野草。"这重复的两句是相同、相似的意思，可是，第二句比第一句写得力量更大。第一句说的是"清露"，到第二句就是"凝霜"了；第一句说的是"皋兰"，第二句说的是"野草"，整个的原野没有一株植物可以躲避那严霜的侵袭。所以，在这种情境之下，"清露被皋兰，凝霜霑野草"。什么草木不凋零呢？什么生命不萎落呢？如果我们看到春秋季节的更迭和草木的凋零，就会知道人类的一些盛衰、一些死生的变化也是如此的。

"朝为媚少年，夕暮成丑老。"我们人类短短的生命只有数十寒暑，跟那草木短短的一年的生命同样短暂。对于我们人类来说，一个人当他年青的时候，看起来真是如此美好，如此年少，正是"朝为媚少年"。"朝"是说早晨，"夕"是说黄昏。当然，人类并非草木。有些草木的花是朝开夕萎的，早晨开了，黄昏的时候就萎落了，这些花的生命是这样短暂。人的生命当然还不至于像这些花一样如此短暂，只有一天的生命力，说是早晨还是少年，到了晚上就变成老丑了。阮嗣宗在这首诗中用了一个"朝"字，用了一个"夕"字，比喻就人类的生命来说，虽然是数十寒暑，可是，有一天你到了迟暮的时候，猛然回首当年，你会觉得这一生的变化也不过是朝夕之间的事情而已了。所以，李白在《将进酒》一诗中，也曾有"朝如青丝暮成雪"的诗句。《汉书·苏建传附苏武传》上也记载着李陵对苏武所说的话。李陵说："人生如朝露，何久自苦如此？"意思是说人生就跟朝露一样，强调人生的短暂。阮嗣宗这两句诗的意思是说，早晨也许还是一个如此美好的少年，可是，当夕暮黄昏的时候，就这样丑陋了，这样衰老了。一个"朝"一个"夕"相对比，写得如此有力量，真是"朝为媚少年"，"夕暮"就

"成丑老"了。

"自非王子晋，谁能常美好？"他说，人世之间有没有人能够保持他的美好而不改变呢？也许有一些神仙，像王子晋。王子晋是谁呢？根据《列仙传》记载：

> 王子乔者，周灵王太子晋也。好吹笙，作凤鸣。游伊、洛之间。道人浮丘公接以上嵩山，后于缑山乘白鹤驻山头，举手谢时人，数日而去。

相传王子晋就是王子乔。他是从前周灵王的太子，名字叫晋。他很喜欢吹笙（一种乐器），他吹笙的时候就"作凤鸣"，吹出来的声音就好像是凤凰鸟的叫声一样。他曾经"游伊、洛之间"，他曾经嬉游、周游在伊水、洛水一带的地方。"道人浮丘公接以上嵩山"，有一个道士叫浮丘公，带领他登上嵩山去学道，修炼有二十年之久①，后来在这个缑氏山的一座山峰上，骑着白鹤成仙飞去了。阮嗣宗借这个神仙的故事，说："自非王子晋，谁能常美好？"意思是说，当然我们没有一个人是王子晋这样的神仙，都不是神仙，那么，谁能长久保持他的美好呢？这里"自非"的"自"字，"谁能"的"谁"字，这种语词表现出来的那种悲慨的口吻，表现得很好，很有力量。天下本来就没有像王子晋这样的神仙，既然我们都不是

---

① "二十年"说仅见于《后汉书》绍兴本《方术列传·王乔传》李贤等注引刘向《列仙传》，原文作"二十余年"，其他版本作"三十余年"，见《后汉书·方术列传·王乔传》。《列仙传校笺·王子乔》作"三十余年"。

王子晋，那么，哪一个人能长久地保持他的美好呢？没有一个人可以保持他长久的美好。

阮嗣宗的这首诗，从表面上看是写这种盛衰兴亡、变化无常的悲慨。可是，陈沆在《诗比兴笺》的《阮籍诗笺》里边，认为他的这首诗是指司马氏父子。陈沆这样说：

> 马出西极，途非不遥。孰召使来？则由东道主人引之。犹司马氏本人臣，而致使有禅代之势，非在上者致之有渐乎？四时更代，富贵无常。忽则易人，履霜不戒，遂致肃杀。全盛之势，倏成衰亡，如少年之忽老也。天马寓典午之姓，凝霜示履霜之渐，若云其所由者，非旦夕之故矣。由辨之不蚤辨也。

"马出西极"，"西极"是西域的地方，他说，天马这种马本来是出自遥远的西域之地。"途非不遥"，其路途不是不遥远，它为什么能够从这么远的西方跑到我们中国来？"孰召使来"？是谁召命使它来的？"则由东道主人引之"，那是由东方的路上的一个主人招引它来的。"东道主人"四个字本来出于《左传》的《烛之武退秦师》那一段，说是"东道主"，是东边路上的一个主人。那么，现在陈沆在《阮籍诗笺》中说天马是由东道主人引它来的，他说的是谁呢？"犹司马氏本人臣，而致使有禅代之势，非在上者致之有渐乎？"他说，这两句就是一个比喻，比喻司马氏本来是"人臣"，他本来是做臣子的地位，而后竟然至于使得他有"禅代之势"，"禅代"就是指由于禅让而代位，而做起皇帝来了。司马氏居然能够造成他这样的形势，是谁使他造成了这样的形势呢？"非在上者致之有渐乎"，在上位的帝王岂不是造成他如此形势的原因吗？那么，这样看起来，"天马出西北"的"天马"，在陈沆的解释中指的是司马氏，而"东道"的主人指的是曹魏的君主，应该是魏明帝。

陈沆后面又接着说："四时更代，富贵无常。忽则易人，履霜不戒，遂致肃杀。全盛之势，倏成衰亡。"陈沆认为，阮嗣宗在这首诗中为什么说到"春秋非有托，富贵焉常保"呢？因为"四时更代，富贵无常"。春夏秋冬的四时更迭，这样轮流交替。人世的富贵无常，很快地就会改变了。原来这个人是富贵的，可是，转眼之间，这个人就变成贫贱的了；原来那个人是贫贱的，可是，转眼之间，那个人就变成富贵的了。当你稍微一不注意的时候，马上就改变了。所以，"履霜不戒，遂致肃杀"。古人说，履霜则坚冰至[①]。如果你看到地上有寒霜了，冬天就要来了，那凝结的坚固的寒冰就快要来了。有了秋天的严霜，就会有冬天的坚冰。如果你看到秋天的严霜的时候，你没有准备，"履霜不戒，遂致肃杀"。秋天之霜是冬天之冰的预兆。看到这个衰败的预兆而不预防，那衰败当然就会来到了。所以，"履霜"如果不警戒，就会遭到"肃杀"而落到凋零的结果。"全盛之势，倏成衰亡"，本来是全盛的形势，可转眼之间就会变成衰残、败亡了。"如少年之忽老也"，就如同一个少年

[①]《坤卦》云："初六，履霜坚冰至。《象》曰：履霜坚冰，阴始凝也。驯致其道，至坚冰也。"见《十三经注疏·周易正义》卷一。

转眼之间就衰老了一样。那么，陈沆的意思是说，司马氏之所以能够养成他篡位的势力，是由于曹魏的朝廷使他养成的。因为曹魏的朝廷、君主自己不知道警惕，不知道戒备，所以，当然就会由盛而衰，走向败亡之路。这就如同一个人由少年强壮走向衰老的暮年一样。陈沆又说："天马寓典午之姓。"为什么说天马？就因为司马氏的姓里边有一个"马"字，所以，就用"天马"两个字。"凝霜示履霜之渐"，"凝霜"就正是表示履霜而坚冰至的一种衰亡的预兆。"若云其所由者，非旦夕之故矣。由辨之不蚤辨也"，造成司马氏篡位的这种形势，不是旦夕之间的事情，它的由来已经很久了，只是因为曹魏没有很早地加以警惕、戒备就是了。

以上就是陈沆的《诗比兴笺》对阮嗣宗这首咏怀诗的解释。其实，我们即使不看陈沆的这种解释，不把这首诗讲成确指当时司马氏养成这种"禅代"的势力，讲成这种寓托，只从表面上来看这首诗，欣赏这首诗，它所表现的那一份无常的悲慨，也是写得非常好的。所以说，阮嗣宗的这几首咏怀诗之所以写得好，当然并不是仅由于它里边有一种寓托，暗指当时的司马氏的篡弑，有这种讽喻才说它好。诗歌的价值当然在于它有一份内容的含义，可是，诗歌的真正价值还在于它是一种艺术品，不在于它表现了什么，而在于它如何表现，怎样表现，表现的效果好不好。同样是一份忠爱的感情，可能这个人表现得很好；那个人虽然表现的也是忠爱，然而表现得不好，他的作品就失败了。所以，阮嗣宗的诗歌真正成功的地方，他的诗歌真正的价值，我认为，其实并不完全在于它里边所指的究竟是什么样的人物，而是在于他表现的那一份艺术之好。因此，我们读阮嗣宗的咏怀诗自然有一份悲慨。虽然我们所生的时代不是魏晋之交的时代，并没有司马氏篡弑的情形，可是，我们同样受到感动了，仅因为他所表现的一份情意是可以包括、笼罩古今的一份悲慨。我们可以深求，也可以这样地指实，说他指的是某一个人、某一件事。可是，如果我们不深求、不指实，我们也同样感受到了他那一份美好的深意。这正是阮嗣宗的诗写得成功的地方。

登高临四野

> 登高临四野，北望青山阿。
> 松柏翳冈岑，飞鸟鸣相过。
> 感慨怀辛酸，怨毒常苦多。
> 李公悲东门，苏子狭三河。
> 求仁自得仁，岂复叹咨嗟？

"登高临四野，北望青山阿"的"阿"字，在这里押韵，押的是"哥"韵，念"ē"。

"松柏翳冈岑，飞鸟鸣相过"的"过"字，在这里应该念"guō"。这个"过"字有平、仄两个读音，如果它当作名词讲，是罪过、过错的意思时，就念"guò"；如果它当作动词讲，是经过的意思，就应该念"guō"。我们现在一般口语的读音，无论是名词还是动词，无论是罪过、过错的意思，还是经过的意思，我们都念它"guò"。在诗里边，它押的是平声韵，所以，我们最好把它念成"guō"。

"求仁自得仁，岂复叹咨嗟?"这个"嗟"，有三个读音。现在我们俗念把它念成"嗟（jiē）叹"。那么，这个字除了俗念成"jiē"之外，它在诗韵里边可以押"麻"韵，念"jiā"；它还可以押"哥"韵，应该念"juē"。这个"麻"韵和"哥"韵在古代是可以通押的。这个"嗟"字，跟前面的"青山阿""鸣相过""常苦多""狭三河"一起押韵，应该念"岂复叹咨嗟（juē）"，应该念平声"哥"韵。当然，我现在的读音不见得是正确的古音，因为真正古人的读音究竟应该怎样读，时代相差了一两千年之久，已经不可确知了。像阮嗣宗的诗，那是在魏晋之交的诗歌，距离现在已经非常久远了，他当时的读音是如何的，我们并不可确知，我也不可能正确地读出来古人当时的读音，只是在道理上它的读音原则是如此的。

下面，我们开始讲解这首诗。

"登高临四野，北望青山阿。"阮嗣宗的诗真如前人所批评的："言在耳目之内，情寄八荒之表。"我们在以前讲到阮嗣宗的生平的时候，曾经讲到说阮嗣宗有时一两句诗所写的是眼前寻常的景物，而给我们的感受、所蕴含的那一份情意之深厚渊博，真是如此"厥旨渊放，归趣难求"。所以说，前人的批评是非常切当的。比如说，像这首诗开头的两句："登高临四野，北望青山阿。"如果我们只是从字面上讲，是说我登到高山之上，向四面眺望，向北可以看到一片青色的山岩。这只是外表的解释，即"言在耳目之内"。可是，这两句诗所含的一份古今的那种盛衰兴亡的无常的悲慨是非常深远的。"登高临四野",我们先要设身处地地体会它这一份意境。古人往往在登高远望的时候,就会引起一份今古苍茫的悲慨。尤其是对阮嗣宗来说,这是一件非常确实的事情。我讲过阮嗣宗曾经登过广武山,看到楚汉当年作战的地方,就产生了悲慨,说:"时无英雄,使竖子成名!"他还有一次登上武牢山,也曾经写过诗篇来记载他登山的一份悲慨。由此看来,当登高远望的时候,那一份今古苍茫的悲慨,对阮嗣宗来说是非常自然的一件事情了。而且,不但是阮嗣宗如此,一般的诗人,一般敏感、善感的诗人,当他们登高远望的时候,都会有这一份悲慨的。像唐朝诗人陈子昂所写的《登幽州台歌》,他说:

前不见古人,后不见来者。
念天地之悠悠,独怆然而涕下。

可见,登高望远的悲慨是一般诗人所常有的。阮嗣宗说:"登高临四野,北望青山阿。""临"是面对着,"四野"是四方一片遥远的原野,"青山"是一片青青的山冈。"阿"字念"ē",它有几种解释:弯曲的地方叫阿,高大的山岭也叫阿。有人认为,这个"阿"字是指山岩弯曲下来的地方,是山岩底下的地方。所以说,"若有人兮山之阿"(《九歌·山鬼》),意思是仿若有人在山之阿。也有人认为,这个"阿"就是大的山陵,所谓山阿,就是指大的山陵。这两句诗是说,我登高面临四方的原野,向北看到一片青青的山冈。

"松柏翳冈岑,飞鸟鸣相过。"我看到那北方青色的山冈上,有松树和柏树。"松柏"的"柏"是入声字，念"bò"。我们平时在口语中读"bǎi"，而读诗的时候，就应该读古来的入声的读音。"翳"是遮蔽的意思；"冈岑"的"冈"是山脊，山背高起的地方叫山冈；"岑"是山小而高者，很尖锐、很高的那种小山叫岑。"松柏翳冈岑"是说有多少松树、柏树遮盖在那北方的山冈、山峰上。那么，这里的"松柏"，除了我们一般所说的山上的松树和柏树之外，本来也有另外的意思，就是古人的墓地。坟墓所在的地方往往都种植着松柏来当作坟墓的标志。因此，也有人认为，古之葬，植松柏梧桐，以识其坟。"松柏"指的是山上的陵墓，坟墓所在的地方。可是，我认为，我们这里并不一定要把"松柏"解释为山上的坟墓所在的地方，我们就说它泛指山冈上那一片清苍的松树、柏树就可以了。"飞鸟鸣相过"，我看到有阵阵高飞的飞鸟一边叫着一边飞走了。

现在，我讲的也仍然是从表面的字义上来解释的。可是，除此之外，应该另外更有一份他内心的悲慨在其中，我以前曾经说过，古人写诗，有的人写山只是山，写水只是水。可是，也有一些诗人，他虽然也是写山，而他所写的不只是现实的那个山而已；他写水也不仅只是现实的水而已。比如说陶渊明的《饮酒》诗中说：

采菊东篱下，悠然见南山。

山气日夕佳，飞鸟相与还。

此中有真意，欲辨已忘言。

陶渊明怎么会从那南山之中看到一份真意呢？那南山就不只是

南山了，南山就成为陶渊明所体会的一份真意了。这里，我们不是在讲陶渊明的诗，关于陶渊明所体会到的那一份南山的真意，我们放下不提。阮嗣宗从那北方的山峰上的松柏以及飞过去的飞鸟体会到什么呢？唐朝有一个很有名的诗人叫杜牧，字牧之，杜牧之。杜牧之曾经写过一首诗，里边有这样的句子：

> 长空澹澹孤鸟没，万古销沉向此中。
> 看取汉家何事业，五陵无树起秋风。（《登乐游原》）

杜牧之说"长空澹澹孤鸟没"，你看那远方的长空，有一只孤独的飞鸟。"没"念"mò"，就是消失的意思。"万古销沉向此中"，当你看到一只飞鸟在天边消失的时候，就会感到那千年万世的万古也都消磨了，也都逝去了，"万古销沉"就"向此中"，就在这情景之中消逝了。哪种情景之中？就在"长空澹澹孤鸟没"的情景之中，有多少千古的往事都如此地消沉了，如此之苍茫，如此之遥远，如此之不可踪迹。杜牧之又说："看取汉家何事业，五陵无树起秋风。"你要看一看汉朝留下来什么功业？汉武帝当年的武功留下些什么？"五陵"是汉朝皇帝的坟墓。你看那汉朝皇帝的坟墓，"无树起秋风"。如果我们说，这些帝王已经死了，他们的朝代老早就灭亡了，只剩下坟墓，只剩下坟上的松柏树了，就已经是很凄凉的了。可是这首诗中杜牧之说它们连树都没有了，"五陵无树起秋风"，在秋风之中，不但是人已死去了，而且，连坟陵上的树也都被人砍伐了，没有了。我们从杜牧之的这首诗里可以看到，"长空澹澹孤鸟没，万古销沉向此中"的一份今古苍茫的盛衰的悲慨。阮嗣宗所写的"松柏翳冈岑，飞鸟鸣相过"，那一份苍茫，那一份悲慨，其意境同杜牧之所写的是非常相近的。"松柏翳冈岑"，如此之翁郁的，如此之苍茫的、无尽头的一片青山，"飞鸟鸣相过"，有多少飞鸟这样辽远地，这样匆促地，这样迅速地消逝了，那不只是青山而已，不只是飞鸟而已，是一份今古苍茫的盛衰之悲慨。

"感慨怀辛酸，怨毒常苦多。"我们从"登高临四野，北望青山阿。松柏翳冈岑，飞鸟鸣相过"这四句诗中已经体会到阮嗣宗一份登高望远的苍茫悲慨了，紧接着阮嗣宗把这一份悲慨直接地说了出来："感慨怀辛酸。"当我看到这种景象的时候，真是满怀的感慨，满怀的辛酸。因为人世之间的一切盛衰、一切兴亡都是这样无常，这样短暂，这样消逝了，所以就"怨毒常苦多"了。想到人世之间一切种种的事情，真是有多少"怨毒"。"怨毒"就是怨恨。那人生岂止是短暂而已了，今古又岂止是苍茫而已了。在如此今古苍茫、短暂无常的人世之间，还有多少怨愤毒恨呢？这种怨恨真是太多了，他说，我常常苦于怨毒之多，"苦多"的"苦"是一个加重语气的字。李后主曾经有一首小词：

> 林花谢了春红，太匆匆。无奈朝来寒雨晚来风。　　胭脂泪，留人醉，几时重？自是人生长恨水长东！（《乌夜啼·林花谢了春红》）

本来"林花谢了春红，太匆匆"，这种无常的悲慨就已经使人感慨了，而更何况"无奈朝来寒雨晚来风"？林花要凋零了、萎谢了，而在那短暂无常的生命之中，还有那朝来的寒雨，还有那晚来的寒风。人世之间也是如此，在那苍茫、苦短的人世之中，本来今古苍茫的盛衰、悲慨就使人感慨、辛酸了，而人世之间又有如此之多的怨愤和悲恨，真是"怨毒常苦多"。那么，有多少人在他的一生一世之间，能够志得意满？果真是如此完美、幸福？又有多少人能够追求到自己的理想？有多少人达成了自己的愿望？有多少这样的人物？他说，我们看一看历史上追求富贵理想的人物，他们最后落到了什么样的下场？他们有什么样的怨愤和悲恨呢？阮嗣宗就举出两个古人的事例，他说："李公悲东门，苏子狭三河。"从前有一个李公，李公就是李斯。《史记·李斯列传》中记载，李斯，楚上蔡人也，学于荀卿，"度楚不足仕，乃说秦平六国而为丞相"（《六臣注文选·咏怀诗十七首》张铣注）。始皇崩，斯听赵高计，矫诏杀扶苏。二世立，赵高用事，与斯互忌；高乃诬其子李由通盗，腰斩咸阳市，夷三族。"临刑，谓其子曰：'吾欲与汝牵黄犬出上蔡东门，逐狡兔之乐，其可得乎？'"李斯本来是楚国上蔡地方的人，曾经学于荀卿，拜荀卿作老师。后来，他认为楚国这个地方没有希望，他自己揣度以为在楚国不值得出来仕宦，以为没有前途。他就到了秦国，劝说秦王，平定了六国，于是，他就做了丞相。这样看，李斯当时可以说是富贵到了极点。可是后来不久，秦始皇死了，李斯听信了赵高的计策，假传诏命，杀死了太子扶苏，立了秦二世胡亥。可是胡亥立了以后，赵高就掌权用事，与李斯互相猜忌。后来，赵高就诬陷李斯的儿子李由与盗匪有沟通，把李斯与他的儿子都以腰斩的刑罚杀死在咸阳市，而且夷灭了三族。三族者，应该是父族、母族、妻族。临刑谓其子曰："吾欲与汝牵黄犬出上蔡东门，逐狡兔之乐，其可得乎？"当李斯临死的时候，曾经对他的儿子说，我还想再带着你，像从前你小的时候一样，在我们故乡楚国的地方，牵着一条黄狗走出楚国上蔡的东边的城门，我们去捉野兔子、去打猎的那种快乐还能够再得到吗？不能再得到了！所以，我们看到李斯背井离乡，追求功名富贵的下场是什么？是腰斩咸阳，是夷灭三族。这是一件多么可悲的事情啊！因此，阮嗣宗说"李公悲东门"，像当年的李斯被腰斩咸阳市的时候，曾经怀念"牵黄犬出上蔡东门，逐狡兔之乐"的时候，有多少悲慨！他那在故乡的生活是不可再得到了。

阮嗣宗说，还有一个人就是苏秦。他说："苏子狭三河。""苏子"即苏秦。我想大家都晓得，纵横家里有苏秦和张仪，他们一个主张合纵，一个主张连横。苏秦本是洛阳人，洛阳就处在所谓的"三川之地"。洛阳，北带黄河，南襟伊川、洛水。在洛阳北面是黄河流经的地方，南面对的是伊川跟洛水。所以，洛阳附近有三条河流，就是黄河、伊川、洛水，古代称这三条河流叫"三川"，也就是所谓的"三河"。苏秦就生在这三川之地。可是，他"以其地狭小，不足逞其志，乃游说六国，佩其相印。后争宠于齐，为刺客所杀"（《六臣注文选·咏怀诗十七首》张铣注）。苏秦以为他自己所生的这个三川之地太狭窄了，不能够满足他远大的建功立业的志愿，他就离开了他的故乡，周游六国。后来，他果然也佩了六国的相印。本来在战国的时候，有所谓"七雄"，即齐、楚、燕、韩、赵、魏、秦，当时是六国联合起来抵抗秦国。苏秦一个人游说六国，六国都封他为宰相，佩了六国的相印。可是，后来苏秦落到了什么样的下场呢？后来，他争宠于齐，当他功名极其显达的时候，就自然而然地会有一些人忌恨他。当时，齐国的一个大夫就暗中使一刺客把苏秦杀死了。所以，阮嗣宗就用苏秦的典故，说"苏子狭三河"，从前的苏秦以为他所生的三川之地狭窄，就离开了自己的故乡，去追求富贵名禄而落到被杀死的下场。

我们看一看人世之间那今古苍茫的盛衰兴亡，那人生的短暂无常，有多少失意，有多少悲慨，有多少相互猜忌和怨恨。像李斯落到腰斩咸阳的下场，像苏秦落到被刺客刺杀的下场，真是："求仁自得仁，岂复叹咨嗟？"李斯、苏秦遭到杀身的结果，是自己招来的。因为李斯有一份功名利禄之心，苏秦也有一份功名利禄之心，而功名利禄场中，人与人之间本来就是这样相互猜疑、忌恨，他们走上了这一条功名利禄的道路，自然也就会落到这样的下场。因此说"求仁自得仁"，自己怎样种因就怎样结果。你求的是什么，当然就得到什么了。本来这"求仁自得仁"一句话是见于《论语》。在《论语》的《述而》篇中这样说："子曰：'求仁而得仁，又何怨？'"当孔子的学生问孔子说，伯夷、叔齐是古代怎样的人物呢？伯夷、叔齐兄弟二人，当周武王伐纣之后，不肯在周朝出仕，"耻食周粟"，就饿死在首阳山上。孔子的学生就问孔子说，像伯夷、叔齐落到饿死的结果，他们心里有什么怨恨吗？孔子就说了："求仁而得仁，又何怨？"孔子这句话里所说的"仁"，是指一种品格上的高洁完美。伯夷、叔齐所追求的是一种品格上的高洁完美，他们虽然饿死在首阳山上，但他们果然保全了一份品格上的高洁完美，那他们还有什么怨恨呢？他们无所怨恨了。阮嗣宗用"求仁得仁"，只是断章取义，就是求什么得什么的意思。那么，伯夷、叔齐求的是品格的完美，所以，他们保全了品格的完美，但是，他们落到了被饿死的下场。饿死，就是追求品格完美的代价。李斯跟苏秦追求功名利禄，被腰斩了、刺死了，这就是追求功名利禄的代价。"岂复叹咨嗟？"他说，这样的下场哪里还值得为他们叹息呢？"叹"是叹息之意，"咨嗟"也是叹息之意，"岂"是哪里，"复"是还的意思。说像李斯、苏秦这样的人，种什么因，结什么果。追求功名利禄就得到杀身的结果，哪里还有什么可慨叹的呢？哪里还值得叹息呢？

阮嗣宗的这首咏怀诗，除了我上面所讲的字面上的解释以外，前人对它有种种的解说，认为它有种种的寄托和含义。陈沆在《诗比兴笺》中认为，这首诗里边有隐含的刺讥的意思。它讥讽的是什么人呢？是讥讽那些党附司马氏的人。就是说，在魏晋之间，有一些人，他们党附司马氏父子，他们帮助司马氏图谋篡取曹魏天下。这样的人是谁？陈沆说，像钟会、成济等人。这些人当时贪婪地追求功名富贵，不惜做这种卑辱地侍奉奸邪的司马氏的事情，不惜自己一生被玷辱而做依附奸逆的事情。

关于钟会这个人，我们曾经在讲阮嗣宗的生平时提到过他。嵇康之死就是钟会的谗毁所致的。钟会在当时很得司马昭的信任，可是，钟会后来的下场如何呢？钟会后来被杀死了。为什么被杀了呢？钟会因为有功被封为镇西将军，也曾做过黄门侍郎。他在得意之余，就想谋反，故而被杀死了，这是钟会的下场。

还有一个人，就是成济。成济是一个什么样的人物呢？成济在曹魏的时候，做过太子舍人之职，也是党附于司马昭的。在司马昭专政的当时，曹魏的君主是曹髦。曹髦知道司马昭有篡魏的野心，很想消灭司马昭。于是乎，曹髦就带领一些士兵去攻打司马昭，在作战的时候，混乱之中，成济因为党附司马昭，就向前刺死了当时曹魏的君主曹髦。历史上记载说，成济当时刺杀曹髦的时候，一刀就把曹髦刺穿了，"刃出于背"，刀刃从前胸穿透到后背，就这样，曹髦被成济刺死了。其实，把曹髦刺死是司马昭所希望的事。可是当成济果然把曹髦刺死之后，司马昭为了表示、保持他表面上的一份虚伪的仁义，便归罪于成济，说成济刺死了曹髦，这是成济的罪过，怎么可以把自己的君主刺死呢？成济的行为简直是弑君之罪了。因此，司马昭就把成济杀死了。成济是为了向司马昭讨好，而结果呢？反而被司马昭杀死了。所以，陈沆认为，这首诗就是讥刺像钟会、成济这些人，他们只是想得到自己的一份富贵、功名、利禄，而不惜做这样卑鄙、这样不义的事情。而结果呢？反而被杀死了，好像李斯，好像苏秦，追求富贵利禄的下场，结果都是不得其死的。

清朝的曾国藩解释"求仁自得仁，岂复叹咨嗟"这两句诗时，说"犹云求祸得祸"（《十八家诗钞·阮嗣宗五古八十二首》），就是求祸得祸的意思。这种意思刚才我已经讲过了，本来孔子说求仁得仁指的是伯夷、叔齐在品格上的高洁完美。可是，在这首诗中，李斯跟苏秦当然谈不上什么仁，也谈不到什么高洁的品格了，所以曾国藩说是"犹云求祸得祸"。也就是我所说的怎样种因，怎样结果：求品格完美，就要付出求品格完美的代价；求富贵利禄，就要付出追求富贵利禄的代价。求什么就得到什么。因此，曾国藩说："苏李之诛死，自取之耳。"像苏秦、李斯之被杀而死，这是他们自己招来的下场。像钟会、成济之被杀死，也是自己招致的下场。

开秋兆凉气

开秋兆凉气，蟋蟀鸣床帷。

感物怀殷忧，悄悄令心悲。

多言焉所告，繁辞将诉谁？

微风吹罗袂，明月耀清晖。

晨鸡鸣高树，命驾起旋归。

　　阮嗣宗的这些咏怀诗，其中有一些诗如前人所解说的那样，有一份讽刺的用心，讽刺当时的朝廷、政坛上的某些事和某些人；还有一些诗，是阮嗣宗自己写他内心之中的一份感慨、忧伤，并不见得确指某一个人，确指某一件事。像《开秋兆凉气》这首诗就是如此的。

　　"开秋兆凉气，蟋蟀鸣床帷。""开秋"就是秋天刚刚开始的时候，也就是初秋、早秋。"兆"是预兆。他说，从秋天一开始就预兆着寒冷就要来临了。我们在讲阮嗣宗的咏怀诗第三首《嘉树下成蹊》的时候，就曾经说过："秋风吹飞藿，零落从此始。"我们不一定要等到草木都凋零殆尽才知道秋天来了，而从秋天一开始的时候，我们就已经体会到那一份凋零衰飒的意味了，我们已经看到那凋零衰飒的未来了。所以，阮嗣宗在这首诗开头第一句就说从"开秋"，秋天的一开始已经预兆了，预兆了什么？预兆那寒冷、凄凉的季节快要来了。"蟋蟀鸣床帷"，从秋天一开始，我们看到季节的转变，听到的是秋天的声音，有蟋蟀在鸣叫了。蟋蟀是秋天的虫子，其鸣声很凄切。他说，我听到蟋蟀的悲鸣在哪里？在床帷之下。"床帷"就是围在床旁边的帐幕、帷幕。为什么说"蟋蟀鸣床帷"呢？在《诗经》的《豳风》中有一首诗中说："十月蟋蟀入我床下。"（《豳风·七月》）在古人那种生活之中，到秋天的时候，常常在墙角、床下有蟋蟀的鸣叫声。

"感物怀殷忧，悄悄令心悲。"我感到了秋天的凉气，听到蟋蟀的悲鸣，这一切的外物都使我感动了，所以说"感物"。我所感受到的、所听到的外物，使我内心油然有所感触，"感物"，于是，就"怀殷忧"。"殷"是深的意思。我心里边就怀有这样深沉的一份忧思了。为什么"感物"就"怀殷忧"呢？为什么秋天的凉气、蟋蟀的悲鸣使阮嗣宗感触而怀有深忧呢？那就是如《嘉树下成蹊》一诗中所说的"秋风吹飞藿，零落从此始""凝霜被野草，岁暮亦云已"了。阮嗣宗从那开秋的凉气、蟋蟀的悲鸣所感受到的不只是秋天的寒冷、蟋蟀的鸣声而已，那是一份由盛到衰的破败灭亡的、可怕的、可悲叹的感觉，是对当时魏晋之交那一份时代的没落、绝望、衰亡的感觉。这正如前人曾批评阮嗣宗的咏怀诗，是"言在耳目之内，情寄八荒之表"。他写的虽然是一份人们能够看到的、听到的岁暮天寒的景物，但其情意却寄托对整个时代的感慨。"悄悄令心悲"，"悄悄"就是忧愁的样子，它出于《诗经》。《诗经·邶风》的《柏舟》篇上说："忧心悄悄。"阮嗣宗这句诗是说，外界的景物的转变，使我内心油然兴慨，怀抱许多深切的忧思。

　　"多言焉所告，繁辞将诉谁？"这两句诗从外表看它们的意思是很相近的。"多言"就是"繁辞"，"焉所告"就是"将诉谁"。我有很多话要说，可是，哪一个人是我可以向他倾诉的？"焉"是表示疑问的语气词，就是"何"的意思。"多言焉所告"，我有很多言语，谁是我能告说的人？"繁辞将诉谁？"我有多少词句要向谁诉说呢？有的时候，在诗里边就是用这样重叠的句子，其意思是完全相同的，而故意重叠反复地这样说，才能够更感受到那一份情意的深切、动人。像初唐的一个作者卢照邻有一首诗，里边有这样两句："得成比目何辞死，愿作鸳鸯不羡仙。"（《长安古意》）这里的"得成比目"和"愿作鸳鸯"的意思是很相似的。我们只要是真能得到这样一个比翼双飞的同心共鸣的知己，不辞付出任何的代价。"何辞死"跟"不羡仙"都是说我愿意付出任何代价。"比目"与"鸳鸯"意思也是相同的。卢照邻这样重复地说，使我们更感受到他一份情意之深切。还比如，唐人元微之的诗，说："曾经沧海难为水，除却巫山不是云。"（《离思五首》其四）这两句诗的意思也是重复的，意思是说，我们曾经得到过最好的东西，那么，除此之外，再也没有任何东西可以引起我们的爱赏，可以使我们内心得到满足了。因为世界上只有一个最完美的，我们曾经得到过了。像这样表达一个意思，而重复地用两句话来说，就更表现出其感情、情意之深切。阮嗣宗的这两句诗"多言焉所告，繁辞将诉谁"，只是一句还不能把他内心之中的那一份抑郁、哀伤、寂寞写出来，两句才把那一份抑郁、哀伤、寂寞的感情写出来了。所以说，这两句诗看起来是重复的，其实在情意表达上是非常好的。

他说，没有一个人可以作为诉说的对象，只有"微风吹罗袂，明月耀清晖"。没有一个可以倾诉的知己，不用说没有人了解阮嗣宗内心之中的那一份悲愤、抑郁的情怀，就算是有人了解，阮嗣宗又如何敢明言直说，明白地诉说他那一份感慨？因为有不能说的，有不敢说的，有多少悲愤，有多少感慨无法诉说。所以，在"多言焉所告，繁辞将诉谁"之后，我得到的只有什么？没有共鸣，没有知己，不敢诉说，不能诉说，无可倾诉，只有微风吹动了我的罗袂，只有明月在那里闪耀着它的清晖。我得到的是满衣袖的寒风。"微风吹罗袂"的"罗"本来是一种做衣服的丝织品，很轻软，而且上面有很稀疏的孔，可以透风，也可以透明。"袂"就是衣袖。这两句诗很像我们开头讲到的第一首咏怀诗《夜中不能寐》："夜中不能寐，起坐弹鸣琴。薄帷鉴明月，清风吹我衿。"我有多少悲愤、多少寂寞，而我面对的只有什么？只有吹得我满身如此寒冷的清风，只有天上高高地、孤独地悬挂的一轮明月。所以，五代时的冯正中的词说："波摇梅蕊当心白，风入罗衣贴体寒。"写的是同样的一份感慨。这里，阮嗣宗说，阵阵的秋风吹透了我的罗衣，我整个的身体这样深切地感受到了一份寒冷，那么，只是风吗？不是的，是那一份寒冷的感觉。只是身体所感受到的寒冷吗？不是的，而是内心深处的寒冷。还有那"明月耀清晖"。"耀"是光耀。还有那天上的一轮明月闪耀着它那凄清的一片光芒。有的时候，人看到天上的一轮明月，那一份感怀是很难具体地述说的，而古人的诗词里常常写到明月。我前面曾经引证过李太白的诗，李太白说："举头望明月，低头思故乡。"李太白还有一首小诗说："却下水精帘"，我要"玲珑望秋月"。为什么要看月？月亮给诗人们的是一种什么样的感怀？曹子建说："明月照高楼，流光正徘徊。"（《七哀诗》）那是一份什么样的感怀？李商隐也有一首诗，他题名叫《嫦娥》。李商隐说："嫦娥应悔偷灵药，碧海青天夜夜心。"李太白还有一首诗，说："明月出天山，苍茫云海间。"（《关山月》）那明月的一份光明，那一份皎洁，那一份孤独，那一份寂寞，那一份在天上的徘徊和彷徨，还有那一份照下来的月光，给人什么样的感怀？我前面也曾经引过欧阳修的一句词，说："寂寞起来搴绣幌，月明正在梨花上。"不用说天上那一轮明月让我们看到的是无可奈何，就是地面上洒遍了的满地月光，也让我们无可奈何。所以阮嗣宗说，当我满怀"殷忧""悄悄""心悲""多言焉所告，繁辞将诉谁"的时候，感受到的是什么？是"微风吹罗袂，明月耀清晖"。

"晨鸡鸣高树，命驾起旋归。"在这样的深夜，我听到了有一声鸡叫的声音，是晨鸡在鸣叫，在高树之上鸣叫。我忽然间觉醒了。这"晨鸡"代表对人的一种呼唤、一种醒觉。旧说晨鸡是知时者，是司晨的。"啼"就是鸡啼叫。"晨鸡鸣高树"这句诗，阮嗣宗写得很有力量，很有警惕，表示阮嗣宗的一份觉悟、一份醒觉。我为什么这样"悄悄""心悲"？我为什么这样"感物""殷忧"？这样的时代、这样的世界，我无以有为，我不能为这样的时代、这样的世界做任何事情，我还是回去的好，还是离开这世界、这时代去隐居的好，所以，当我听到"晨鸡鸣高树"，我忽然间觉醒了，我要"命驾起旋归"了，我吩咐车夫归去了。"命驾"就是吩咐车夫驾车，"旋归"就是归去的意思。陶渊明作《归去来兮辞》，他生在晋宋之交的衰乱时代，他也绝望了，他也知道在那样的时代是不可以有为了，所以，他说"归去来兮"了："归去来兮，请息交以绝游。世与我而相违，复驾言兮焉求？"阮嗣宗有同样的一份感怀，所以，阮嗣宗说，"晨鸡鸣高树"，我也要"命驾起旋归"了。我要寻找一个可以隐居的地方，远远地离开这个纷扰、杂乱、奸邪、险恶的地方。

在讲这首诗之前，我曾经说过，阮嗣宗的诗有一些被后人笺注、解说，说他的这些诗指的是某一个人物、某一件事迹。可是，也有一些诗只是写他自己内心世界对整个人世失望的悲慨，并不是指某一个人、某一件事，像这首诗就是如此。陈沆的《诗比兴笺》把这一类诗都集中起来，认为这些诗都是阮嗣宗在抒写他自己的悲愤的情怀。那么，这些诗说的是什么呢？陈沆说：

> 此皆咏悲愤之怀也……触绪抒骚，烦忧命管。畏显题之贾祸，遂咏怀以统篇。杂沓无伦，萧条百感，惟其讥刺之什，差有时事可寻。至其低徊胸臆，怊怅性灵，君子道消，达人情重。或采薇长往，矫首阳之思；或拔剑捐躯，奋《国殇》之志；或揽羲辔于云汉，手无斧柯；或盼同志于天涯，目穷蒙

氾。但能比类属词，何殊百虑一致。

陈沆认为，阮嗣宗的这些咏怀诗都是抒写、抒发他那一份内心的悲愤之情怀，都是"触绪抒骚，烦忧命管。畏显题之贾祸，遂咏怀以统篇"。"触绪抒骚"就是说他那种情绪随便有所感触，就用这样的文字诗歌来抒写他内心的一份忧思繁乱。"烦忧命管"的"管"就是指笔、笔管。内心有许多忧烦而拿起笔写下诗篇。"畏显题之贾祸，遂咏怀以统篇"，他不敢明白地说出他内心的悲愤，所以，他就统统地给它们题名"咏怀"，而且，写得很笼统、很含蓄。陈沆说，这些咏怀诗有一些作品是"杂沓无伦，萧条百感"。你看起来真是这样"杂沓"，好像很杂乱，很重复，没有什么清楚的条理和层次，真是说不尽的内心之"萧条百感"。真是百感交集，有多少感慨在内心这样纷杂、烦乱。"惟其讥刺之什，差有时事可寻。"他有一部分咏怀诗是讥刺当时的人物跟当时的事情，那种诗差不多可以有一些事迹让我们寻求。那么，另外一种诗呢？"至其低徊胸臆，怊怅性灵，君子道消，达人情重。"有一些诗是"低徊胸臆"，真是满怀哀感、悲愤，这样低徊、婉转，真是满怀惆怅地感慨当时的"君子道消，达人情重"。那一份失望，那一份感情，所以，"或采薇长往，矫首阳之思；或拔剑捐躯，奋《国殇》之志；或揽羲辔于云汉，手无斧柯；或盼同志于天涯，目穷蒙氾"。有的时候，我是"采薇长往"，我要像伯夷、叔齐一样，"登彼西山兮，采其薇矣"，永远地离开尘世，怀念首阳山上的隐居生活。有的时候，又拔剑捐躯，这样慷慨、激昂，真是想有所作为，像《国殇》所写的愿意牺牲，愿意有所建树。有的时候，真是像天上驾着太阳的羲和，"揽羲辔于云汉"。有的时候，真是希望找到一个同伴，"盼同志于天涯"。陈沆说，像这样的作品，真是"比类属词，何殊百虑一致"。他按照他自己的一份感情，而运用一些比兴的词句，把那些同类的、与他内心的情意相近的内容表现出来。比如说，想要隐居怅惘的时候，就用隐居怅惘的典故和词句；而要表现慷慨激昂的时候，就用慷慨激昂的典故和词句。他是配合自己内心的情意来写他的诗歌，真是这样纷纭杂沓。虽然是"百虑"，可是"一致"，他内心的那一份动机，那一份原来的、最基本的感情是相同的，就是他那一份仁人志士的悲愤是相同的。他那种慷慨激昂跟他那消极隐退是同一份仁人志士的悲哀和用心，像《开秋兆凉气》这一首咏怀诗就是这一类的作品。

平生少年时

平生少年时，轻薄好弦歌。

西游咸阳中，赵李相经过。

娱乐未终极，白日忽蹉跎。

驱马复来归，反顾望三河。

黄金百镒尽，资用常苦多。

北临太行道，失路将如何？

阮嗣宗的这第八首咏怀诗有一份什么样的含义呢？根据陈沆《诗比兴笺》的说法，这首诗是从曹魏的兴盛时代说起，到"白日忽蹉跎"写的是曹魏的魏明帝之死亡，而"反顾望三河"是表示对王室的怀念。"北临太行道"是写太行道险，比喻仕途的艰险，不可失足。陈沆认为，阮嗣宗的这首诗是有很深的寄托和含义的。现在，我们先把陈沆关于这首诗的解说放下，还是先从字义上来看这首诗。

　　"平生少年时，轻薄好弦歌。"有一个人，当他生平年少的时候，他还不知道仕途的艰难、险恶，不知道人世的忧伤，而只知道享乐。他真是这样"轻薄"。"轻薄"的意思是指少年人那种轻浮，那种举动之率意、浮夸。轻薄，也就是说这个少年人没有比较深的思虑，没有比较深的认识，对人生认识很肤浅，举动也很轻率。这正是少年人的情性。那么，少年人是这样肤浅，这样轻率，喜欢什么呢？只喜欢歌舞，只喜欢享乐，"轻薄好弦歌"，"弦歌"是管弦歌舞。

　　"西游咸阳中，赵李相经过。"平生少年的时候，不仅是"好弦歌"，而且还喜欢到那繁华的大城市中去。"西游咸阳中"，向西去游历咸阳城。咸阳，是从前秦的都城。咸阳故城的城址在现在陕西咸阳的东边。这句诗中所说的"咸阳"，只是一个代名词，不是真指陕西的那个咸阳，而是一个比喻，比喻当时曹魏的都城——洛阳。不仅是到京城中去游览，而且，还交了许多朋友。交了什么样的朋友呢？"赵李相经过"，就是和赵、李这样的人物互相来往、互相拜访。"赵李"是代表什么样的人物呢？《汉书·谷永传》

说："成帝性宽而好文辞，又久无继嗣，数为微行，多近幸小臣，赵、李从微贱专宠。"又《汉书·何并传》说："阳翟轻侠赵季、李款多畜宾客，以气力渔食闾里，至奸人妇女，持吏长短，从横郡中。""赵李"所代表的是那些豪侠少年、贵幸之人，那些得到帝王宠幸的人。"经过"这个"过"字念平声，"经过"就是互相来往、拜访的意思。你到我这里来，我到你那里去，这叫互相经过。

但是，这样的少年生活，只知道享乐，能够长久吗？不能够。所以，"娱乐未终极，白日忽蹉跎"。当我们少年的那种欢娱、享乐好像还没有尽兴，"终极"就是到极点，还没有尽兴的时候，而转眼之间就迟暮了，转眼之间那个时代也衰落了。所以是"娱乐未终极"，就"白日忽蹉跎"。"白日"就是太阳。"忽"就是很快地、很匆促地。"蹉跎"是失时，随随便便地就把光阴给消磨了。你看那天上一轮光明的太阳很匆促地就"蹉跎"了，我们很快地就把青春的光阴给消磨了、浪费了，转眼之间就迟暮了。从前，唐朝的陈子昂写过一首《感遇》诗，里边有这样的句子：

> 兰若生春夏，芊蔚何青青！
> 幽独空林色，朱蕤冒紫茎。
> 迟迟白日晚，袅袅秋风生。
> 岁华尽摇落，芳意竟何成？

陈子昂的这首咏怀诗也是写生命的短促。他把兰花、杜若当作比喻，这些芬芳的香草，它们生长在春夏的季节，"芊蔚何青青"！

像兰花、杜若这样美丽的花草，在春夏生长起来的时候，真是"芊蔚"，"芊蔚"是草木茂盛的样子。真是"何青青"，"青青"是说盛多。它们的花叶是多么繁茂啊！多么美盛啊！虽然兰若在春夏是这样美好，可是，转眼之间，"迟迟白日晚"，那天上的太阳已经西斜了，我们常说春日迟迟，好像觉得春天的一天很长，可是，不经意间已到了黄昏，那太阳就已经西斜了，已经到了傍晚了。"袅袅秋风生"，那凄凉的秋风就吹起来了，而草木呢？当然也就都开始凋零了。那春天的"芊蔚青青"，到现在就摇落、凋零了。在我们中国的诗文当中，说到太阳，就常常用"白日"来形容，"白日晚"就代表人生的暮年、人生的短促。所以，陈子昂说："迟迟白日晚。"而阮嗣宗在这首诗里说的是"白日忽蹉跎"，他说你觉得天上那迟迟的白日真是为时方长的样子，早晨的时候，你觉得这一天的日子还很长呢，可是，等到黄昏的时候，你抬头一看，原来那落日已经西斜了。所以，当你"娱乐未终极"的时候，你忽然间发现，生命已经是这样衰老，人生是这样短暂，忽然间就蹉跎了，美好的光阴、大好的时机都蹉跎、消失了。

"驱马复来归，反顾望三河。"这个时候，我才发现，我以前的那些行为都是错的，以前走的路完全错了。因此，我现在要骑着马回去，"驱马复来归"，"复"就是"还是"的意思，"来归"者，就是归来。当我赶着马回去的时候，就"反顾望三河"，回头看一看"三河"的地方。"三河"指的就是我们在讲到阮嗣宗的第六首咏怀诗中"李公悲东门，苏子狭三河"的"三河"，即黄河、伊川、洛水三河之地。当时，曹魏的都城是洛阳。洛阳正是北带黄河，南近伊川、洛水，正是三河之地。所以，"三河"指的正是曹魏的都城所在的地方。由此我们就更可以证明，这首诗"西游咸阳中"所指的"咸阳"并非真指陕西的咸阳，而只是代表一个国家的都城。这就正如同这一句所说的"三河"，指的是当日的都城之所在。阮嗣宗前面所说的"咸阳"，后面所说的"反顾"望的是"三河"，"三河"是在河南，"咸阳"是在陕西，他怎么离开陕西的咸阳，回头看见的是河南的三河之地呢？现在我们就明白了，他所说的咸阳并不是真的咸阳，而是都城的代表。"三河"恰好是当时真正的都城所在。其实，我们也不必这样确指，"三河"也可以说是代表一个繁华、富庶的地方。他说，我要离开我少年娱乐、"轻薄""弦歌"的地方，我要"驱马复来归"，我要回去了，我要回头看一看当年我所游历的繁华、富庶的"三河"之地，这时，我想到的是什么呢？

"黄金百镒尽，资用常苦多。"我在想我的当年，我在想"咸阳"，我在想"三河"，我在这繁华、富庶的都城，曾经沉醉在"弦歌"的快乐、享受之中，我浪费了多少资财呢？"黄金百镒尽"，"镒"是指黄金的数量。古人所说的"镒"，一般是指二十四两。此外，还有多种不同的说法。这里所说的"百镒"，不过是言其多而已。他说，"百镒"的黄金，数千两的黄金，转眼都被我浪费掉了，花光了。"资用常苦多"，"资用"就是资财、用费。我平生少年时所过的生活、所用的资财，我现在才发现，真是太浪费了，常常苦于浪费得太多了，真是耗费了多少金钱。现在我才觉悟，可是，时间已经晚了，已经是"白日忽蹉跎"了。

因此他说："北临太行道，失路将如何？"我以前年少时的生命道路走错了，走向那轻薄、弦歌的娱乐享受的道路，浪费了多少资财，浪费了多少时间，也就是浪费了多少生命。等到有一天，当白日蹉跎之时觉悟了，要走一条正当的路，选择一条你认为是美好的路。选择一条什么样的路呢？"北临太行道"，"太行"指的就是大路，"太"字就有大的意思，可以做大讲。而我们中国有一座山，也叫太行山。但是，阮嗣宗在这里所说的"太行"不一定指的是太行山。实际上，我们把它讲成大路就是了。那么，"北临太行道，失路将如何"？这两句诗说的是，有多少人就在旅途的大路的十字路口上迷失了方向，不知道选择哪一条路。这两句诗还有一个典故，出于《战国策》的《魏策》。《战国策》上记载着季梁谏魏王的一段寓言，说：

> 今者臣来，见人于大行，方北面而持其驾，告臣曰："我欲之楚。"臣曰："君之楚，将奚为北面？"曰："吾马良。"臣曰："马虽良，此非楚之路也。"曰："吾用多。"臣曰："用虽多，此非楚之路也。"曰："吾御者善。"此数者愈善而离楚愈远耳。

根据《战国策》的记载，说魏王想要去攻打赵国的邯郸。邯郸是赵国的都城。当时，有一个魏国的臣子，名字叫季梁。当季梁听说魏王要去攻打邯郸，他就赶回来见魏王，劝谏魏王不要出兵去攻打邯郸。他对魏王这样说："今者臣来，见人于大行。"我这次回来的时候，在大路上看见一个人。"方北面而持其驾"，"驾"指车马的缰辔。他面向北，手中握着马车的缰辔。"北面"者，就是面向北。历史上说，皇帝是南面而坐，臣子是北面而朝。这里的南面、北面就是面向南、面向北的意思。"告臣曰：'我欲之楚。'"那个人对我说："我要到楚国去。"楚国是在南方，而他现在的车是面向北的。所以，我就问他说："君之楚，将奚为北面？"你要想到楚国去，为什么面向北呢？他说："吾马良。"因为我的马好。于是，我就说："马虽良，此非楚之路也。"你的马虽然好，但是，这个方向不是向楚国去的方向，不是向楚国去的道路。那个人又说了，"吾用多"，我的财用多。"用虽多，此非楚之路也。"虽然你的财用多，但这不是去楚国的道路。"吾御者善。"我驾车的人技术很好。"此数者愈善而离楚愈远耳。"这几个条件越好，离楚国反而越远了。为什么呢？因为楚国是在南方，而他是面向北方的。所以，他的马跑得越快，驾驭的技术越良，反而向北方走得越远，而离楚国就更远了。这里是说一个人走错了道路，选错了方向。所以说，在大路上，选择路的方向是不可不谨慎的。阮嗣宗说"北临太行道"，就如同《战国策》上所说的那个人一样，要往楚国去，而他在大路上却是面向着北方而行。在太行的道路上，他是"北临"，"北临"就是北面，面向北。这样的选择，这样的方向，"失路将如何"？你走错了路以后，将要怎么办呢？你如果走错了路，是永远不会回转来的。你向北方走得越久，离南方就越遥远了。因此，阮嗣宗说："北临太行道，失路将如何？"

这一首诗，阮嗣宗是写人生的短暂、无常，以及人生要走的那一条路的选择之艰难。那么，我们每一个人都面临着同样的选择，我们应该选择哪一条路呢？

关于阮嗣宗的生平，历史上记载着许多故事，我也曾经讲过他的一件事，就是阮嗣宗穷途恸哭的故事。阮嗣宗常常驾着车出去，他没有一定的目的和方向，任凭着车马之所之，等到走至一条穷途之路上，没有路可走了，阮嗣宗就放声恸哭。阮嗣宗为什么如此呢？难道只是因为他选择的路走不通了，他就放声恸哭吗？只是因为当时的那眼前的现实的道路走不通吗？他为什么不走一条有目的、有方向的道路呢？走错了一条路，为什么不倒回去，倒退到另外一条路上去呢？阮嗣宗所恸哭的不只是眼前的这一条道路的选择，而是整个人生的道路和方向的选择。因为人生是短暂的，一失足成千古恨，你一条路走错了，以后再想转回来还可能吗？你终生都不能转回来了。不是说你自己肯不肯转回来，而是说你所拥有的光阴、寿命还允许不允许你转回来。再有，你以前所走错的路、所造成的社会上对你的看法，你所留下来的那些事迹，还能不能洗刷得掉，还能不能给你这种宽容的时间，让你再倒转回去，而重新走起呢？这是人生极为重要的一个问题！是极其应该注意选择的一个问题！所以，阮嗣宗在这首诗中对人生的感慨实在是很深的。

当然，一般地说，我们如果生活在治平的盛世，这条路就比较容易选择了，我们只要这样很正常地生活就是了。可是，有的时候，像阮嗣宗所在的那个年代，那个衰乱之世，如果是想要保全生命的人，就不得不委曲地苟合于当时的一些权奸人物。你如果不苟合当时的权奸人物，就不能够保全自己的生命。这是多么使人徘徊、彷徨的一个时代啊！所以，阮嗣宗穷途恸哭。他说"北临太行道"，真是"失路将如何"！

我现在所讲的这首诗，只是按我们一般人读这首诗从字面上的感受来讲的。那么，陈沆的《诗比兴笺》把阮嗣宗的每一首咏怀诗都作了解释，说它有一种讽托的深义。所谓讽托的深义，大半都是指讽刺当时曹魏的朝廷和司马氏父子。对这首诗，陈沆也有他的说法。《诗比兴笺》中是这样说的：

> 前四句述魏盛时。"白日忽蹉跎"，明帝崩也。"望三河"，寄怀周室也。太行道险，不可失足；天下势重，不可失权。财用虽多，而易尽者，失路故也。国势虽强，而易去者，失权故也。借己以喻国，故知穷途之哭，非关感遇矣。

陈沆说，"前四句述魏盛时"，认为这首诗不是比喻一个人的人生，也不是阮嗣宗的自我比喻，而是指曹魏那个朝代。他认为，这首诗的前四句："平生少年时，轻薄好弦歌。西游咸阳中，赵李相经过。"它是指曹魏的兴盛时代。陈沆的这种说法当然也很有见地，虽然他并没有更详细地说明为什么这样说。可是，我这样想，我刚才讲过，所谓"赵李相经过"，"赵李"指的是"从微贱专宠"的赵、李。他们所陪伴的是皇帝，所以说，与赵、李往来的人应该是指朝廷上的君主。因此，未始没有可能有这种含义，诗句所用的典故适合于君主的地位。

我还要顺便说明一点，就是关于"赵李"这两个人，本来还有另外一种说法。《昭明文选》选了阮嗣宗的咏怀诗。《昭明文选》五臣的注本把"赵李相经过"的"赵李"解释为指赵飞燕和李夫人。赵飞燕是汉成帝非常宠爱的一个妃子，李夫人是汉武帝所宠爱的一个妃子。她们当然也是皇帝所爱幸的人。不过只是说，如果是以一个妃子的地位，就不应该说"经过"。"经过"是指一般人的往来，而如果已有夫妻关系了，是一个皇帝与他妃嫔之间的关系，那不能说"经过"。所以，有人说这"赵李"不是赵飞燕和李夫人，而是作为近幸小臣，"从微贱专宠"的赵、李。总而言之，不管是赵飞燕和李夫人，或是专宠的赵、李，都是与皇帝君主往来的人物，有关系的人物①。可见，陈沆认为他说的是曹魏的魏明帝也未始没有他的原因。陈沆说，"白日忽蹉跎"是指魏明帝的死亡，"反顾望三河"是"寄怀周室"的意思。因为东周的都城也是在洛阳，就是寄怀故国、故都的意思。"寄怀周室"其实不仅是周室，是对自己故国、故都的怀念。虽然曹魏当时还没有亡，司马氏还没有行篡魏之逆，可是"寄怀周室"就是一份对国家衰亡的感慨。陈沆也说："太行道险，不可失足；天下势重，不可失权。"按照陈沆的笺注，认为太行的道路很危险。那么，"太行"指的就是太行山了。上面我说过了，"太行"可以解作一般的大路，而有一个山的名字恰好也叫太行山。因为《战国策》中的《魏策》有这么一个典故，所以，"太行"一

———————

① 曾国藩曰："详诗意，咸阳赵李，谓游侠近侍之俦。……若如颜延年之说，赵飞燕、李夫人岂可言经过？"见《十八家诗钞·阮嗣宗五古八十二首》。

般说起来是指一个危险的地方。陈沆说，太行山的道路很危险，一失足就会跌下万丈的深渊。这好比一个朝廷、一个国家，天下的形势是很重要的，一旦失去权势，就会被下边的臣子篡权了。就如同李太白所说的"君失臣兮龙为鱼"（《远别离》），如果国君失去他自己的权势，就好像一条龙变成一条鱼了，他就没有地位，没有能力了，就有危亡的灾祸了。因此说，阮嗣宗所指的是曹魏的危亡。"财用虽多，而易尽者，失路故也。"你的资财虽然很多，然而也是非常容易花光的，因为你走的路与你要去的地方是相反的方向，所以，有多少钱财也会用尽的，就是因为你走的路是错误的缘故。"国势虽强，而易去者，失权故也。"一个国家的势力虽然很强盛，很强大，然而，也是非常容易衰亡的，因为国君一旦失去了他自己的权力、权势，国家就会被他人所篡夺。"借己以喻国，故知穷途之哭，非关感遇矣。"凭着自己的感受来比喻国家的悲慨，我们便可知道阮嗣宗为什么会穷途而恸哭的真正原因了。他穷途恸哭的原因并不只是因为自己那眼前的一份感受，而是对国家前途命运所发出的一份悲慨。

昔闻东陵瓜

昔闻东陵瓜，近在青门外。
连畛距阡陌，子母相钩带。
五色曜朝日，嘉宾四面会。

膏火自煎熬，多财为患害。

布衣可终身，宠禄岂足赖？

　　阮嗣宗的每一首咏怀诗，正如前人所批评的那样"兴寄无端"，真是有多少感慨，有多少寄托！而且"反复零乱"。他自己的种种感情，也许在这首诗中表现过，在以前的那首诗中也表现过，他就重复再写，而每一首诗都有其很深的寄托的含义。有的时候，他在诗里暗中讽喻的是朝廷、国家的事情；也有的时候，他所寄托的只是自己的感慨和志意，真可谓"反复零乱，兴寄无端"。

　　我们在讲阮嗣宗的第八首咏怀诗《平生少年时》时，曾经说过，在这一首诗中阮嗣宗所写的是一个人对人生的迷失、彷徨。他说，过去的路走错了，现在想有一个新的选择，因此为迷失、彷徨而悔恨、悲哀、感慨。如果我们对这首诗这样认识、解释也是很好的。如果我们按照陈沆在《诗比兴笺》中对这首诗的解释，把它看作感慨曹魏的那一个时代的危亡，当然也是可以的。这正是阮嗣宗咏怀诗的好处。

　　因为，阮嗣宗的咏怀诗确实是可以让人深求的，从中可以看出更深的含义。在中国诗歌史上，有一些诗人，他们的诗是比较浅薄的，尽管其外表的辞藻很美，但是不耐寻味，不可深求。你要深思、细想，就没有余味了。而阮嗣宗的诗是非常耐人寻味的，所以你可以有这样的感受，也可以有那样的感受；可以说是对个人的感慨，也可以说是一份对国家的感慨。

　　例如，像《平生少年时》一首中所说的"赵李相经过"，有人认为"赵李"是指赵飞燕和李夫人，有人说是赵季和李款，有人说是专宠的赵、李；"北临太行道"的"太行"，有人说是指大路，有人认为是指太行山。虽然后人的注解有种种不同的说法，但是，这种种的差别竟然并不妨碍阮嗣宗在诗中所寄托的深意。因为不管他说的是赵飞燕、李夫人，还是赵季、李款，他那一份寄托的深意都是相同的，都是指那种游乐的生活，那种贪图享乐的生活。那么，如果说君王之宠爱赵飞燕、之宠爱李夫人，对成帝、武帝来说当然是一种享乐了，他们耽溺于享乐；如果说指的是专宠的赵、李，那么，就是成帝所宠幸的侍从之臣，也是耽溺于享乐的生活。因此，虽然是有不同的注释，但对于阮嗣宗的含意实在没有影响。对于"太行"的解释也是如此：说它是大路也好，说它是高山也好，总而言之，那一份迷失的悲哀是不会变的，那一份不知所从的迷路的悲哀是相同的。所以说，虽然有不同的注解，但是，对阮嗣宗诗歌的价值没有丝毫的影响。

现在，我们来看阮嗣宗的第九首咏怀诗。我们还是先从字面上讲解，然后再讲它所寄托的意思。

"昔闻东陵瓜，近在青门外。"阮嗣宗说，我从前曾经听说有东陵瓜这样一段故事。什么是东陵瓜的故事呢？这个故事见于《史记》的《萧相国世家》，就是萧何的世家。《史记》中这样记载着：

> 召平者，故秦东陵侯。秦破，为布衣，贫，种瓜于长安城东，瓜美，故世俗谓之"东陵瓜"，从召平以为名也。

召平这个人原来在秦朝的时候，曾经被封作东陵侯，东陵侯是召平的封爵。因后来秦朝灭亡了，于是，召平就沦落成布衣平民了。天下很多富贵贫贱往往就是这样不可把握，循环起伏，像历朝历代的盛衰兴亡往往都是如此的。秦朝在的时候，召平就是东陵侯，而秦亡了，他也就成为布衣了。既然成为一个布衣平民了，也就"贫"了，他的生活就很穷苦了。他失去了过去做侯爵的那种地位和资财，穷苦到无以为生的地步，就种瓜于长安城东。由于他种瓜种得很好，瓜的味道很美，很好吃，而且，颜色也特别美丽，据说召平种出来的瓜是五色的瓜，所以非常出名。当时的人把他种出来的瓜叫作"东陵瓜"。说原来的东陵侯现在种瓜，他由旧日富贵的东陵侯而成为现在贫贱的种瓜人了，他种出来的瓜就称为"东陵瓜"。阮嗣宗说"昔闻东陵瓜"，他说我从前听说这么一段故事，从前秦朝的东陵侯，当秦灭亡后，沦落成布衣，在长安城东种瓜了。"近在青门外"，东陵瓜是在什么地方种的？就在很近的地方，就在青门的外面。"青门"，古代长安城一个城门的名字。根据《三辅黄图》的记载：

> 长安城东出南头第一门曰霸城门，民见门色青，名曰青城门，或曰青门。

在长安城东面靠南头的一个城门叫霸城门，人们看见这个城门的颜色是青色的，所以就把这个城门叫"青城门"，简称为"青门"。召平种东陵瓜就在青门的外面。

他种的瓜怎么样呢？"连畛距阡陌，子母相钩带。""连畛距阡陌"的"畛"是指田界，一垄一垄的田地的界限。"距阡陌"的"距"，就是至、到达的意思。《书经》的《益稷》篇曾经有这样一句话："予决九川，距四海。"这里的"决"是开通、开导、疏导的意思，"决九川"就是疏导这九川河流的水流到四海之中去，要治理这天下洪水的泛滥。"距四海"就是让水流到四海之中去，这里的"距"就是至、到达的意思。"阡陌"是指田地之间来往的道路。有人说，东西的路叫"阡"，南北的路叫"陌"。可是，由于各地方的方言不同，也有人管南北的路叫"阡"，东西的路叫"陌"。不过一般来说，还是以东西为"阡"、南北为"陌"的说法比较常见。"连畛距阡陌"是说东陵侯所种的瓜真是很多很多的，一垄接着一垄，一片地接着一片地，相连不断，一直到路边。而且，瓜结得很多，很盛。这里的上一句是说种瓜的土地之大，下一句是说瓜结出来的很多，是"子母相钩带"。"子"本来是说结出的果子、种子，这里是指瓜。"母"是说结子的母体。对瓜来说，母就是指蔓（màn）生的瓜蔓（wàn），就是瓜的藤蔓。那个瓜不是结在藤蔓上边吗？所以说，瓜是"子"，结瓜的藤蔓就是"母"。"钩带"的意思是互相连缀、互相结合在一起。当然，每个瓜都是连缀在瓜蔓之上的，都是连缀在藤蔓之上的，所以，看上去那一大片瓜田，真是"连畛距阡陌"，一片地接着一片地，直到路边。而瓜田里面的瓜"子母相钩带"，每个藤蔓上有很多瓜互相连接，相"钩带"，像互相牵连钩拉着的样子。瓜是这样多，瓜田是这样大。

"五色曜朝日，嘉宾四面会。"我刚才说过，相传当年召平种出来的瓜有五种颜色。其光曜日，当太阳照在这一片瓜田上边的时候，各种不同的瓜有各种不同的颜色，这种不同的颜色、光彩耀映在早晨的日光之中。"嘉宾四面会"，有多少来吃瓜的客人相聚在这里。"嘉宾"就是指召平之瓜客，来买他的瓜、来吃他的瓜的瓜客。有多少美好的宾客来到他的瓜田里，他们"四面会"，从四面八方聚会到这里来。可见，召平虽然是贫贱了，失去了从前秦朝东陵侯的爵位，然而，现在他种瓜的生活不是也很美好吗？真是一分劳力，一分收获。陶渊明的《归园田居》诗曾经说过"桑麻日已长，我土日已广"，我亲手栽种出来的这些作物长得这样美好，这是多么值得我欣喜的一件事情。虽然没有当年的那种权势、爵位，但是，我以自己的劳力换取自己的收获，而且，我亲眼看到我的劳力收获是如此之美好，这是人生一种多么值得欣喜的境界。召平虽然从王侯之位沦为一个种瓜的平民，但他的平民生活，自己用劳力换来的生活不是也很好吗？

因此，这首诗后面的四句就反过来说了："膏火自煎熬，多财为患害。"一般人都是追求名利、禄位，但是，追求名利、禄位的结果是什么呢？我们前面曾经讲过《登高临四野》那首诗，在那首诗中提到两个人，说："李公悲东门，苏子狭三河。"李斯想要追求名利、禄位，落到腰斩咸阳的下场；苏秦想要追求名利、禄位，落到被刺客刺死的下场。所以，追求利禄，结果被利禄所陷害。这种因果之间的关系就像什么？阮嗣宗说，就像"膏火自煎熬"。就像"膏火"一样，自己"煎熬"自己。"膏"是油，膏油；"火"是点燃的火，灯火。什么是"膏火自煎熬"呢？因为以油燃火，因火熬油。有油才能点燃火，而火可以把油给熬尽了，这样油燃火，火熬油，故称"膏火自煎熬"。《庄子》的《人间世》篇中说"膏火自煎也"，比喻自寻苦楚。一个人追求利禄，反而被利禄所陷害，真是"求仁自得仁""膏火自煎熬"。自己找来的祸害，自己自相煎熬。在阮嗣宗看来，世上一般追求利禄的人，他们都是像"膏火"一样自己煎熬——一方面自己追求利禄，另一方面自己被利禄煎熬。

"多财为患害"，有的时候，有一些人自己求富贵，反而造成了自己的祸患和灾害。因此，"多财"一向是患害的原因。像李斯，像苏秦，追求富贵的下场就是如此。像晋朝一个有名的富翁石崇，他的下场是被杀死了。可见，富与贵有的时候反而会给人带来灾害，所以，阮嗣宗说"多财为患害"。因为名利之所在，是众人之所竞争的。不管你是怎么样得到的名利，不管你求得的方法是正当的，是不正当的；是有心的，还是无心的，有时都会招致别人的危害，四周围的种种猜疑、忌恨就很多了。总而言之，像唐人的诗所说的"美服患人指，高明逼神恶"，这是唐朝张九龄《感遇》诗里边的两句。张九龄说"美服"就"患人指"。你穿的衣服太美了，你就要担心别人对你指点、对你注意。如果你穿的衣服是很平常的样子，就没有人批评、指点你了。可是，你穿的衣服特别鲜艳夺目，批评、指点、挑毛病的人就多起来了。所以说，"美服"就应该"患"，忧虑、担心别人的指点。"高明逼神恶"，如果一个人太好了，太高明了，不用说人忌恨他，就连鬼神都要使他走向下坡之路的，所以说"高明之家，鬼瞰其室"（《解嘲》）。因此，阮嗣宗在这里说："膏火自煎熬，多财为患害。"可见，追求钱财、利禄的结果，常常得到的是烦恼和灾害。

于是，阮嗣宗说："布衣可终身，宠禄岂足赖？"看起来，一个人何必去追求那些富贵和利禄，我们只做一介的布衣平民，就可以终身了。"终身"者，自可以度过我这一生。我真是如此之甘心，也如此之安心，以布衣平民的身份度过我这一生，这是多么平安的一生，"布衣可终身"。他说："宠禄岂足赖？"得到贵宠，得到禄位，这些贵宠和禄位哪里是值得你依靠、倚赖的呢？像东陵侯在秦朝的时候是一个侯爵，可是，秦朝灭亡了，他马上就失去了侯爵的地位，而成为布衣平民了。这种富贵利禄的转变，尤其是在当时，在那种帝王的时代，有多少次因为换了一个朝代，而整个朝堂上的那些人物就随之都换了。所以，我们中国有一句俗语说："一朝天子一朝臣。"这个天子他用他这一批亲信的人，另一个天子换上来了，就用另一批他自己所亲信的人。不用说改朝换代之时了，像曹魏被司马氏的晋所篡了，这种朝代的更迭姑且不说，就是一个朝代之中，每当更换君主的时候，也是如此。比如说，唐朝很有名的几个文学家、诗人，像柳子厚、刘禹锡，他们都曾被贬官很长的时间。他们为什么被贬官呢？就因为在唐顺宗的时候，王叔文一类人引用他们，然而，顺宗在位的时间很短，转眼顺宗就死了，宪宗就继位了。宪宗继位以后，就把从前顺宗当朝时所任用的臣子都迁贬了，另外用了一批新的人物。往往一朝天子更换的时候，甚至是父亲死了，换儿子继位，儿子就把他父亲的旧臣都罢免，另外用他自己的一批新人。所以说，"宠禄岂足赖"？在阮嗣宗那个时代来说，他所看到的是帝王的时代，在那种时代之中，你在这个朝代是得意的，到另一个朝代中也许就不见得会得意了，反而会遭到不幸。因此，一时得"宠"，得到朝廷君主的宠幸，这种宠幸和利禄哪里是值得倚靠的？你认为你所倚靠的是一个什么可以永久不变的靠山吗？冰山永远不倒，天下没有这样的事。所以，阮嗣宗说，不如安分守己，用自己的劳力换取自己的生活，"布衣可终身，宠禄岂足赖"？

以上是我们对阮嗣宗的这首诗从外表上来解释，就是写人世的一些盛衰、贫贱、富贵之无常，而那些利禄又不足以依赖，还不如自己以劳力换取自己的生活，而过一种布衣的生活更安心。至于陈沆的《诗比兴笺》，他认为这首诗里边还有其他的含义。陈沆总是说阮嗣宗的咏怀诗还有另外的寄托的深意。有的时候，阮嗣宗所讽喻的是曹魏；有的时候，阮嗣宗所讽喻的是司马氏。这首诗阮嗣宗讽喻的是谁呢？讽喻的是当时一些党附司马氏的人。我记得我前面曾经讲过，像钟会等人当时虽然是依附司马氏，可是，后来并没有得到好的下场。还有另外一个人是成济，成济这个人曾经刺死了魏主曹髦。他本来做魏太子的舍人，党附于司马昭。有一次曹髦率领卒众去攻打司马昭，成济就向前杀死了魏主曹髦。后来呢？司马昭反而让他做了代罪的羔羊，归罪于成济，把他杀死了。像这样一些人，他们想党附司马氏，结果反而遭到了杀身之祸，还不如做一个种瓜的平民，可以过更安定的生活。陈沆认为，这首诗与"李公悲东门，苏子狭三河""求仁自得仁，岂复叹咨嗟"以及后面我们将要讲到的"如何当路子，磬折忘所归"等句子的讽刺的意思都是近似的。就是说，追求权势、禄位的结果，并没有幸福、美好的下场。"多财"往往会招致祸害，因为富贵名利常常会导致别人的猜疑、忌恨。何况有一些人，他们追求富贵利禄还是用不正当的手段，像钟会这些人，其结果落到了不幸的下场，真是"求仁自得仁"。还不如过一种安贫乐道的布衣生活，反而可以终身保全自己的安全了。

步出上东门

> 步出上东门，北望首阳岑。
>
> 下有采薇士，上有嘉树林。
>
> 良辰在何许？凝霜沾衣襟。
>
> 寒风振山冈，玄云起重阴。
>
> 鸣雁飞南征，鹍鸡发哀音。
>
> 素质游商声，凄怆伤我心。

阮嗣宗的这第十首咏怀诗，我们从外表上看，阮嗣宗所写的是对于当时的时势，那种衰亡、颓败的种种现象的一种悲慨。

他说："步出上东门，北望首阳岑。"我散步走出了上东门。"上东门"是一个城门的名字。根据《后汉书·百官志》记载，洛阳城十二门，一曰上东门。洛阳城的四面都有城门，每一面有三个城门，三四一十二，所以说共有十二个城门。那么，上东门在哪一个方向呢？《河南郡图经》的记载说："东有三门，最北头曰上东门。"阮嗣宗说，我散步走出了上东门的城门之外。"北望首阳岑"，就向北看到了首阳山的山峰。小而高的山叫"岑"。"首阳"是一座山的名字。根据《昭明文选》李善的注解引《河南郡境界簿》曰："城东北十里首阳山上有首阳祠一所。"说在洛阳城东北十里远的地方，有一座山就叫首阳山。首阳山上有一座祠堂就叫首阳祠。如此看来，阮嗣宗所说的"北望首阳岑"就应该指的是洛阳城东北面的首阳山，这与上一句的"步出上东门"所说的方位恰好是相符合的。我在这里为什么要特别说明这座山是洛阳城东北面的首阳山呢？因为关于首阳山的方位历史上还有其他的记载。

关于首阳山的故事，曾经有一段历史的传说，这是大家都知道的。从前，伯夷、叔齐身当商周之际。当时，武王伐纣之后，伯夷、叔齐"义不食周粟"，就隐居在首阳山上，"采薇而食"。阮嗣宗说"步出上东门，北望首阳岑"，他就想到当年在首阳山隐居的高士伯夷、叔齐了。因此，"下有采薇士，上有嘉树林"。他说，在这座首阳山的山下，应该住有一些采薇的高士。"薇"是一种野草。陆玑的《毛诗草木鸟兽虫鱼疏》这样记载：

> 薇，山菜也，茎叶皆似小豆，蔓生，其味亦如小豆藿，可
> 作羹，亦可生食。

薇是一种野山菜，它的茎、叶子就好像是小豆的样子，是爬蔓的蔓生植物。它的滋味吃起来像是小豆的叶子一样。"豆藿"就是豆的叶子，它可以做成羹汤，也可以生吃。历史上相传，伯夷、叔齐就

是隐居在首阳山上采薇而食的。临死时还曾经作了一首歌：

> 登彼西山兮，采其薇矣。
>
> 以暴易暴兮，不知其非矣。
>
> 神农、虞、夏忽焉没兮，我安适归矣？
>
> 吁嗟徂兮，命之衰矣！

意思是说，登上那座西山，采上面的薇蕨野菜来维持生活。为什么呢？"以暴易暴兮，不知其非矣"，因为纣王虽然是一个暴君，是一个无道之君，可是，武王以一个臣子的地位和身份而伐纣，来讨伐他的君主，"以臣弑君，可谓仁乎"（《史记·伯夷列传》）？他岂不也是一个暴臣吗？"以暴易暴兮"，以纣王之暴君换来现在武王这个暴臣；"不知其非矣"，而天下居然不以他为过错。

当然，像伯夷、叔齐所说的这种话，要看站在什么观点来看。关于武王伐纣的事情，《孟子》上就曾经这样说：

> 齐宣王问曰："汤放桀，武王伐纣，有诸？"孟子对曰："于传有之。"曰："臣弑其君，可乎？"曰："贼仁者谓之'贼'，贼义者谓之'残'，残贼之人谓之'一夫'。闻诛一夫纣矣，未闻弑君也。"

齐宣王问孟子说，"汤放桀，武王伐纣"，有这样的事情吗？孟子回答说，史籍上有这样的记载。齐宣王又说，做臣子的杀掉他的君主，这是可以的吗？孟子说，破坏仁爱的人叫作"贼"，破坏道义的人叫作"残"。这样的人，应该叫他"独夫"，我只听说武王诛杀了独夫殷纣，没有听说过他是以臣弑君的。为什么孟子这样说呢？因为在孟子看来，做君主的既然不像一个君主的样子来对待人民、爱护人民，如果君主视人民如同草芥的话，那人民当然也不会以对待君主的态度来看待他的君主了。所以，孟子说，我没有听说以臣弑君，我只知道所杀死的是一个独夫，是一个众叛亲离的独夫。

那么，站在孟子的这种立场来说，只要是能够果断地拯救人民出于水火困苦之中，消灭一个暴君，也未尝不是一件好事。可是，刚才我就说过了，这件事要看站在什么立场、观点来对待，这是每个人因他的感情、他对人生的看法、他对感情的操守的观点不同而不尽相同的。按照孟子的观点来说，是"闻诛一夫纣矣，未闻弑君也"。可是，以伯夷、叔齐的观点来看呢？是"以暴易暴"，纣王固然是暴君，武王也是暴臣。那么，为什么伯夷、叔齐如此说呢？因为，我们以伦理的相互关系来说，君臣之间是一种人伦的伦理关系，如果君不君的话，臣就可以不臣。同样的伦理之间的关系，父子之间，如果父不像做父的样子，那儿子对父亲该当如何呢？儿子是不是可以不把他当作父亲看待，而用一种非常叛逆的态度对待他的父亲呢？同样的道理推下去，夫妻之间，是不是如果彼此之间有背叛了，因为他（她）背叛了我，我就可以背弃他（她）呢？朋友之间，是不是因为他欺骗了我，我就可以欺骗他呢？如果我们这样推想下去就会发现，有一种感情是如此的，宁可他背弃或欺骗我，而我永远不可欺骗、背叛他。父亲尽管不父，而儿子要永远像一个儿子的样子对待父亲，这是为人子所当有的一份态度、一份感情。那么同样，夫妻、朋友之间也往往有这样一份感情，尽管对方有背弃、错误的地方，而我永远不可有背弃、错误的地方。这不仅是对对方的一份感情而已，而且也是自己品格的一种操守。所以说，如果真的站在是非利害的观点来说，当然，武王之伐纣也无可厚非；如果从一种感情的操守上来看的话，伯夷、叔齐的这种情操也未始不是一种极其崇高、完美的情操。所以，当伯夷、叔齐快要饿死的时候，他们所作的歌中说道："神农、虞、夏忽焉没兮，我安适归矣？"像神农、虞、夏那样安乐、美好、幸福的时代已经过去了，神农、虞、夏"忽焉"就"没兮"了，如此快地就消失了，"我安适归矣"？我应该何所归往呢？于是，他们就在首阳山上饿死了。

现在，阮嗣宗是假借伯夷、叔齐的事情来写他自己的悲慨。"下有采薇士，上有嘉树林。"首阳山下应该有这样采薇的高士，首阳山上有一片这样美好的树林。"嘉"是美好的意思。一般地说，凡是我们说到树木的美好，都常常用"嘉"字来形容，如说"嘉木""嘉树"。当年的伯夷、叔齐为什么归隐到首阳山呢？因为首阳山是一片可以离开这尘世污浊混乱的是非的一个清洁之所在。所以说，首阳山那里有采薇的高士，有嘉美的树林，也许在人世之间，只有这样的地方才是清白的。

阮嗣宗在后文中就感慨道："良辰在何许？凝霜霑衣襟。"伯夷、叔齐隐居在首阳山上，曾经作歌慨叹："神农、虞、夏忽焉没兮，我安适归矣？"阮嗣宗所生的那个时代当然比伯夷、叔齐所生的那个时代的混乱、危亡犹有过之，阮嗣宗更该慨叹没有一个托身归往的所在了。所以，他说："良辰在何许？"我多么盼望有一个美好的时代，有一天美好的日子，可是，不用说一个美好的时代，那一天美好的日子在哪儿呢？"良辰"，我盼望一个美好的日子；"在何许"的"许"就是所，何所，就是在什么地方。这样一个美好的日子在哪里？多少人生在不幸的时代，在这样不幸的时代都会有这样的慨叹。伯夷、叔齐有这样的慨叹，陶渊明所写的《桃花源记》也有这样一份美好的向往。陶渊明以桃花源做一个假托，写他理想中的安乐、美好的世界。他在《桃花源记》里这样说，桃花源里的那些人"不知有汉，无论魏晋"。他们不知尘世间的一切纷争、扰乱，他们甚至不知道"汉"这个朝代，那更不用说"魏晋"了。"汉"如何？"魏晋"又如何？西汉、东汉之间有王莽之篡，东汉到曹魏之时有曹魏之篡，曹魏的结果呢？为司马氏所篡。而西晋到东晋的偏安有五胡乱华的局面，后来刘裕又篡了晋。这是一个何等的世界，是一个何等的时代！如果有那样一个所在，"不知有汉，无论魏晋"，对于所有的篡夺、离乱、危亡都不知道，不经历这些痛苦，该多么幸福，多么美好。所以，陶渊明很悲慨地在《桃花源记》里边写出了这样的话："不知有汉，无论魏晋。"可见，他对汉、魏晋以来的篡夺、战争、离乱、危亡是何等悲慨！因此，阮嗣宗说："良辰在何许？"那美好的日子究竟在哪里？这是一份仁人志士的悲哀。

"凝霜霑衣襟。"我看不到美好的日子，我所感受到的是什么？

是那凝结的寒霜沾满了我的衣襟。我在讲阮嗣宗的第一首咏怀诗时，说到"薄帷鉴明月，清风吹我衿"时已经讲过，阮嗣宗的诗是"言在耳目之内，情寄八荒之表"。他所感受的仅是衣襟上的清风吗？只是衣襟上的一片凝霜吗？不是的，是他心魂之间、他的精神心灵感情的深处所感受的那一份寒冷、孤独。那凝结的如此寒冷的严霜沾满了我的衣襟，我满胸襟都是这一片严霜。

"寒风振山冈，玄云起重阴。"不仅是满胸襟的凝霜，在心神之内也是一片凝霜。不仅自身是如此的，在身外的环境也是如此的。阮嗣宗说，我所看见的是"寒风振山冈"，是一片如此寒冷的高风吹动了山冈。"振"字本来是振动的意思。实际上，风未必有这样大的力量，未必能够振撼山冈。阮嗣宗用"振"，就让我们感受到那寒风之强烈，真是如此强烈的、有劲的劲风扫过了山冈，好像把山都要撼动了。此外还有什么？"玄云起重阴。""玄"是黑色，深黑深黑的颜色。有的时候，深黑的颜色会透出一点红色，所以说，极黑而透着一点红的颜色叫"玄"，这里代表极浓重的阴云。"重阴"是指层层厚厚阴沉的浓云。"玄云起重阴"是说如此黑色的、如此浓重的云，一朵一朵、一团一团地涌起了，真是如此阴沉，遮掩、笼盖了整个天空。陶渊明有一首《停云》诗，说：

停云霭霭，时雨濛濛。

八表同昏，平陆成江。

有酒有酒，闲饮东窗。

愿言怀人，舟车靡从。

在前面我说过，那魏晋之世，那晋宋之世，对于时代的衰乱、危亡的一份悲慨的感觉，陶渊明说"八表同昏"，所有四面八方都是一片的昏沉，哪里有一线光明。阮嗣宗也这样说"玄云起重阴"，如此浓重的重重叠叠的黑云升起了，天上浓云密布，没有一点阳光，没有一点希望。

"鸣雁飞南征，鹍鸪发哀音。"在这样一个时代，所有的万物都感受到这一份凋零、危乱的悲哀。那哀鸣的鸿雁高飞向南方远去了。"征"者，是远行之意，不一定说征战，到远方去做打仗的事情，只要是远行都叫作"征"。杜甫有一首诗，题目是《北征》。《北征》是写杜甫从凤翔回到鄜州的家。因为鄜州在凤翔的北面，路很远，故称北征。而杜甫并不是从军，不是到战场上去征战。阮嗣宗这里是说南北往来的鸿雁。鸿雁是一种候鸟，春北秋南地飞翔，叫"征"。鸿雁哀鸣着高飞着向南方远去了，因为在它的想象中南方是比较温暖的，于是，离开了这寒冷的悲哀的所在。"鹍鸪发哀音"，"鹍鸪"是一种鸟的名字，相传就是杜鹃。杜鹃这种鸟，它身体的背部是灰褐色的，胸腹部之间有黑色的横条纹，尾巴的羽毛很长，是黑色的，叫声非常凄厉。而且，相传杜鹃的叫声好似在说"不如归去，不如归去"。它的叫声能够唤起那离乡的旅客一份归思之情。宋朝的秦少游有一首小词，说："可堪孤馆闭春寒，杜鹃声里斜阳暮。"（《踏莎行·雾失楼台》）杜鹃的鸣叫真是如此悲凄、惨厉，让人不忍听、不堪听。《楚辞》的《离骚》篇上说："恐鹍鸪之先鸣兮，使夫百草为之不芳。"屈原曾经用美人、香草来比喻君子。他说："余既滋兰之九畹兮，又树蕙之百亩。"曾经有一份如此美好的向往，他假托着芳草，有如此美好的芳草的种植，有这样一份希望。我就是恐怕有一天，鹈鴃这种鸟先鸣，它很早就叫起来了，它这一叫，春天的花就凋零了，就使得百草都为之不芬芳了。所以说，"恐鹈鴃之先鸣兮，使夫百草为之不芳"。

如果以《离骚》的这一句诗来看，鹈鴃好像隐然指的是小人的意思。恐怕有这种奸邪的小人的破坏，而使得一切美好的事物都落空了。所以，清朝的曾国藩说："鹈鴃似亦刺趋时附势之小人。"（《十八家诗钞·阮嗣宗五古八十二首》）可是，我认为，阮嗣宗在这首诗里所说的鹈鴃并不是指那些趋时附势的小人。阮嗣宗说"鹈鴃发哀音"，如果是指趋时附势的小人，那么，在当时，那些小人正在时势的趋附之中，正在追求之中，正在那里得意，怎么会发"哀音"呢？我以为，屈原的《离骚》中所说的"恐鹈鴃之先鸣兮，使夫百草为之不芳"是指趋时附势的小人；而阮嗣宗在这首诗中所说的"鹈鴃"应该并不是指趋时附势的小人。"鹈鴃发哀音"就是指杜鹃鸟在暮春的鸣叫非常凄厉，如此悲哀。为什么呢？因为春天就要结束了，而且，相传杜鹃鸟是蜀地望帝的魂魄化成的。李商隐曾经有两句诗说："庄生晓梦迷蝴蝶，望帝春心托杜鹃。"（《锦瑟》）相传周朝末年蜀地的君主名叫杜宇，后来禅位退隐，不幸国亡身死，死后魂化为鸟，暮春啼哭，至于口中流血，其声哀怨凄悲，动人肺腑，名为杜鹃。那么，我们看，蜀望帝是一个何等的皇帝呢？他是一个失去了自己国家的皇帝。所以，我认为，阮嗣宗所写的鹈鴃是对当时时代危亡的一份悲慨，而不是指那些趋时附势的小人。我觉得，这样讲对阮嗣宗这一首诗似乎更恰当一点。

"素质游商声，凄怆伤我心。"在解释这两句诗之前，我们还要再看前面两句诗。本来前面两句诗所说的实际是不相配合的。前两句诗的第一句说"鸣雁飞南征"，写的该是秋天，在秋天的时候，雁才到南方去；但是，后一句又说"鹍鸠发哀音"，应该是春天。李商隐的诗说"望帝春心托杜鹃"，秦少游的词说"可堪孤馆闭春寒，杜鹃声里斜阳暮"，凡是说到杜鹃都指春天。屈原的《离骚》也是说"恐鹈鴂之先鸣兮，使夫百草为之不芳"，也说的是春天。如果说鹍鸠就是杜鹃鸟的话，那么，就应该是春天。然而，阮嗣宗的"鸣雁飞南征"一句说的是秋天，"鹍鸠发哀音"说的是春天，这岂不是互相矛盾吗？如果是春就不是秋，是秋就不是春。为什么他一句是秋，一句是春呢？我们要知道，这两句诗从外表上看起来，虽然春秋的时季是不相同的，可是，如果我们从阮嗣宗的内心感受来说，那秋天草木的凋零与春天百花的零落，那一份消失的悲慨是相同的。李后主有一首小词说：

> 林花谢了春红，太匆匆。无奈朝来寒雨晚来风。　胭脂泪，留人醉，几时重？自是人生长恨水长东！

李后主写春天的暮春与秋天的暮秋有一份相同的感受，同样是那一份凋零、消失的感受。而阮嗣宗所要写的就是那一份零落、危亡的悲慨。因此说，秋天的暮秋之时那一份零落与春天的暮春之时那一种零落有相似的地方。所以，阮嗣宗所写的表面上是一句秋，一句春，好像是矛盾、不合，但其中所包含的一份深切的情意是一致的。那么，他后面的诗句就又回来说了，"素质游商声"。写鹧鸪是为了陪衬那一份零落的感觉，并非一定确指春天。"素质游商声"是回到写秋天。沈约，南朝的沈休文解释这一句诗说：

> 致此凋素之质，由于商声用事秋时也。"游"字应作"由"，古人字类无定也。（《文选·咏怀诗十七首》李善注引）

沈约认为，"游"字应该是由来的"由"字。他认为，古人的字类无定。古人只要是声音、形状相近似的字往往都可以假借通用。这个"游历"的"游"与"由来"的"由"，声音相同，就可以来借用。"游商声"就是由于商声的缘故。"致此凋素之质"，"凋"是说凋零；"素"是什么彩色都没有；"质"是说本质。他说，能够使得宇宙万物如此凋素，所有的繁华都凋零了，造成这种现象是由于什么缘故呢？由于"商声"的缘故，是"游商声"，"由于商声用事秋时也"。什么叫"商声用事"呢？在中国古代，把一年的季节配合五音来称谓。中国古代音乐有所谓"五音"的说法，就是"都、来、咪、索、拉"，古人称之为"宫、商、角、徵、羽"。四时的季节怎么配五音呢？是这样配的：角（jué，入声）是春天；徵（zhǐ）是夏天；宫是季夏，就是夏季的最后一个月；商就是秋天；羽是冬天。

所以，阮嗣宗说"素质游商声"，就是使得宇宙万物都这样凋零、冷落，都这样衰败了。为什么？因为秋天这季节是"商声用事"的季节。欧阳修的《秋声赋》说："商，伤也，物既老而悲伤。"这当然是一种望文生义的解释了。欧阳修认为，"商"就是悲伤的意思。其实，"商"并不一定有悲伤的意思，而是说秋天是商声，秋天是一个悲伤的季节，而且，秋天是一个凋零、肃杀的季节，是所谓"商声用事"的"秋时"，肃杀的气质把草木都摧毁了，所以说"素质游商声"。还有《礼记》的《月令》上也记载着说："孟秋之月，其音商。"

那么，阮嗣宗这句诗是什么意思呢？他说我看到所有的我身外的景物、现象，我所生的这个时代，"寒风振山冈，玄云起重阴。鸣雁飞南征，鶗鴂发哀音"。为什么如此之悲凄？为什么如此之黑暗？为什么这样凋零、衰败？由于这是一个商声的时季，由于现在这个时代就是如此之危亡、凋零的一个时代。阮嗣宗认为，这是无可挽回的，无可改变的。谁叫我生在这样一个时代呢？于是，他说："凄怆伤我心。"他说，我生在这个时代真是生不逢辰。我生不辰，真是"凄怆"，真是悲凄，真是哀怆，真是使我伤心，真是"伤我心"！"伤我心"三个字说得非常沉痛，使我由衷地伤心。

阮嗣宗的这第十首咏怀诗，陈沆的《诗比兴笺》认为，它是"悲愤之怀"。诗里边是"采薇长往，矫首阳之思"，向往那首阳山上像伯夷、叔齐的一类人，希望能离开这个时代，找到一个躲避的所在，而且慨叹他自己生不逢辰。这是一份悲慨，而并不是讽刺当时某一个人、某一件事，是对整个时代的一份悲慨。

昔年十四五

昔年十四五，志尚好书诗。

被褐怀珠玉，颜闵相与期。

开轩临四野，登高望所思。

丘墓蔽山冈，万代同一时。

千秋万岁后，荣名安所之？

乃悟羡门子，噭噭今自蚩。

阮嗣宗的上一首咏怀诗是写他对整个时代的悲哀，现在这一首咏怀诗是写他的一些希望、理想的落空。

他说，我难道当年没有过希望、没有过理想？没有立定过一番志意吗？曾经有过。"昔年十四五，志尚好书诗"，回想从前当我只有十四五岁的时候，"志尚好书诗"。为什么说"十四五"？因为《论语》的《为政》篇中孔子曾经说过，"子曰：'吾十有五而志于学。'"孔子写他自己平生几个为人的阶段，说他从十五岁的时候，"十有五"即十另五，十五岁，"而志于学"，我就立志求学了。可见，人在十四五岁的时候，正是一个立志的时代。孔子认为，人在十五岁就应该有所立志了。阮嗣宗说，回想我当年十四五岁的时候，我所立定的志意，我崇尚、爱好、追求、向往的是诵读《诗》《书》，诵读古圣贤留给我们的美好的教训，培养美好的理想。我自己曾经对我自己期许，我是何等的人物？《孟子》上曾经说过："舜何人也？予何人也？有为者，亦若是。"一个人不可以自暴自弃，应该立志做一个美好的人物。舜是何人？我是何人？我立定志意也要做像他一样的人物。所以，阮嗣宗说，我十四五岁立定了志向，我崇尚、爱好诵读《诗》《书》，我以圣贤之志意为志意。

"被褐怀珠玉，颜闵相与期。"虽然我物质上的生活是贫穷的，但是，我精神上的生活是富足的。物质上的生活我是"被褐"。"褐"是粗布的衣服，最粗糙的，贫苦的人所穿着的粗布的布衣；"被"字读"披"字的音，就是穿着的意思。我所穿着的是如此贫贱的粗布的衣服，物质上的生活是贫苦的。可是，我内心所怀有的是"珠玉"，是珠玉一样美好的理想。"被褐怀珠玉"一句是有出处的，见于《孔子家语》。《孔子家语》上说：

> 子路问于孔子曰："有人于此，披褐而怀玉，何如？"子曰："国无道，隐之可也；国有道，则衮冕而执玉。"（《孔子家语·三恕》）

有一次，孔子的学生子路问孔子说，如果有一个人在这里，他外边所穿的是非常贫贱的粗布衣服，而他的胸怀之中所藏的是珠玉一样的宝物，老师，您认为这样的人怎么样呢？当然，这里子路是打一个比喻，并不是说真是有这样一个穿粗布衣服而怀藏珠玉的人，而是以此比喻说一个人物质生活虽然很贫苦，但他有一份美好的理想，然而，没有被人发现，没有被人认识。"子曰：'国无道，隐之可也。'"孔子回答说，你所生的那个国家是个衰乱无道的国家，你把你的一份美好的理想、志意、才能都怀藏起来，而甘心过贫寒的生活当然是对的。因为，在那个时代，没有人知道你，没有人认识你，没有人肯信用你，没有可以用你那一份美好的才德、志意的地方。可是，孔子又说了："国有道，则衮冕而执玉也。"如果你所生的国家是个有道的、安定的、圣贤在位的美好的国家，你就应该"衮冕执玉"，你就不应该再过那种贫寒的、归隐的生活，就应该穿上衮衣，戴上冠冕，就应该出来仕宦，应该"执玉"，应该把玉拿在手中，应该表现你的才能，为国家贡献才能。儒家本来一向有这样的理想，即主张"用世"。有人曾经问孔子说："有美玉于斯，韫椟而藏诸？求善贾而沽诸？"子曰："沽之哉，沽之哉，我待贾者也。"（《论语·子罕》）有美好的才能应该贡献给国家，不应该自己藏起来。所以，孔子说，有美玉应该拿出来，而不应该藏起来。国无道，可以被褐怀玉；国有道，就应该衮冕执玉，把才能贡献给国家。当然，阮嗣宗也希望有一个机会能够"衮冕执玉"，他说："颜闵相与期。"我对我自己的期许是把什么人物当作我的榜样呢？是"颜"，是"闵"，是颜回，是闵损。

颜回，字子渊，鲁国人，孔子弟子。敏而好学，贫居陋巷，"一箪食，一瓢饮，在陋巷，人不堪其忧，回也不改其乐"（《论语·雍也》）。孔子称其贤，说："贤哉回也。"颜回有如此美好的一份品德、才学和志意，而且能够如此之安贫乐道，箪食瓢饮，不改其乐。"闵"是闵损，字子骞，闵子骞，也是春秋鲁国人。"性孝友"，他的天性非常孝友。我想大家都知道闵子骞的故事。少时后母虐之，衣所生二子以絮，而衣子骞以芦花。父知之，欲出后母。子骞曰："母在一子寒，母去三子单。"（《太平御览》卷三四引《孝子传》）遂止，母亦感悟。及长，为孔子弟子，"以德行著名"（《孔子家语·七十二弟子解》）。闵子骞很小的时候，他的母亲就去世了。他父亲再婚，给他娶了个后母。他的后母虐待他，而且，他后母又生了两个孩子。冬天来了，天气非常冷，后母就衣所生二子以絮，而衣子骞以芦花。她就做棉衣给她亲生的两个孩子，棉衣里边装的是棉絮，而给闵子骞所做的棉衣里边装的是芦花。这种芦花做的棉衣从外表上看跟棉絮做的棉衣没有什么区别，然而，芦花做的棉衣是不能御寒的。后来，他父亲发现了后母对他的这种虐待的情形，就"欲出后母"，想要休弃掉他的后母。而闵子骞就替他的后母求告于他的父亲。闵子骞对父亲说："母在一子寒，母去三子单。"说母亲留在家里，只是我一个人受寒冷，如果你现在把我的后母休弃了的话，那么，我们兄弟三个人就都要受寒冷了。可见，闵子骞的这一份孝友的友爱精神，真是使人感动。因此，他父亲也就停止了，没有休弃他的后母。他的后母也就因此而感动了，觉悟了，而且对闵子骞很好了。

颜回箪食瓢饮的一份操守，闵子骞的一份孝友之情，他们的这一份德行，是孔子学生里边品德最美好的。因此孔子说："德行：颜渊，闵子骞。"（《论语·先进》）

阮嗣宗说"颜闵相与期"，我就是要以颜回、闵子骞这样的人自相期许，以他们为榜样和标准，做像他们这样的人。可见，我自己真是以圣贤之心为心，以圣贤之志意为志意，以此立志。可是，后来我却发现："开轩临四野，登高望所思。丘墓蔽山冈，万代同一时。千秋万岁后，荣名安所之？"阮嗣宗说，圣贤真的是可以当作我们生活的目的、意义和价值吗？杜甫有一首诗，是《自京赴奉先县咏怀五百字》。在这首诗开头，杜甫曾经说："许身一何愚，窃比稷与契。"他说，我对我自己的期许是何等愚蠢！为什么呢？因为我所要许身做的人物是"稷与契"。"稷"是"后稷"，是教民稼穑的。"契"是在舜的时候做司徒的官吏，是管理民事的人。杜甫说，我以稷与契这样的人物自我期许，是多么愚蠢啊！《孟子》上说："舜何人也？予何人也？有为者，亦若是。"可见，有人以尧舜自我期许，有人以稷契自我期许，而阮嗣宗以颜闵这样的圣贤自相期许。可是，后来，当他年岁一天一天地长大了，他发现，他所追求的、所向往的有多少都幻灭了，都落空了。

"开轩临四野，登高望所思。""轩"指的是窗。本来"轩"字有许多种解释。有的"廊"也可以叫"轩"，有的"厅"也可以叫"轩"，"车"也可以叫"轩"。这里的"轩"应该指的是窗。他说，我推开我的窗子，面对着那四方广大的郊野。"登高望所思"，有的时候，我登上那非常高的地方而遥望、瞻望，怀着我的希望，远望那我所思念的、我所追求的、我所向往的，是什么呢？是现实的人物吗？是现实的景物吗？不是的，是我内心之中的一份理想，是我自己给自己所悬的一个标的。如果我们把它讲得切实的话，那么，他就是像有人所注解的：就是"颜闵相与期"的"颜闵"。阮嗣宗所思的是颜回、闵子骞这样的圣贤人物。这样承接上文讲下来当然是可以的。但是，我以为我们也不必如此确指。阮嗣宗这句诗只是说他在少年时代确实是有一份志意，有一份期许，有一份理想，他所追求、向往的是一个理想的境界。他用"临四野"把它写得这样

广远；用"登高"把它写得这样高远。一个广，一个高，两种感觉
使读者感受到他那一份志意、理想、期许是何等高远。可是，后
来发现了什么？他说，我发现："丘墓蔽山冈，万代同一时。"无论
是什么样的人物，即使是圣贤也要死亡的。我看见遮蔽了那高高
的山冈的都是高高低低、大大小小的坟墓。"丘"字在《方言》上
的注解是："冢大者为丘。"意思是说，坟墓比较高大的就为丘。所
以"丘墓"就是指高高低低、大大小小的坟墓。"丘墓蔽山冈"这
句诗，古人注解说是丘墓被山冈给遮蔽了，"冈高于丘，故墓蔽于
冈"[①]。因为山冈比丘墓更高，所以，丘墓被山冈遮蔽了。古人的这
种解说我认为是不十分恰当的。我以为，这句诗的意思不是说丘墓
蔽于山冈，不是蔽于，而就是蔽山冈，是把山冈遮蔽了，是满山
上都是坟墓，这样岂不是坟墓把山冈遮蔽了？我们抬头远望，"但
见丘与坟"（《古诗十九首》其十四），只看见那高低的一片坟墓。
"万代同一时"，沈约说：

> 自我以前，徂谢者非一，虽或税驾参差，同为今日之一
> 丘，夫岂异哉！故云"万代同一时"也。

沈休文的意思是说，"自我以前"，在我从前的古代的那遥远长
久的历史上，"徂谢者非一"，"徂谢"就是死亡的人。他说，我看

---

① 蒋师爚曰："《毛诗》传：山脊曰冈。丘墓蔽山冈者，冈高于丘，故墓蔽于
　　冈。"见《阮步兵咏怀诗注》。

一看在我以前死去的人不只是一个人，有多少英雄，有多少豪杰，有多少圣贤、志士都死亡了，"虽或税驾参差，同为今日之一丘"，虽然他们的人生经历不同，死亡的年寿或者很老，或者很年轻，不管他们所走的道路是什么，可是现在呢？在我看来，"同为今日之一丘"了，没有差别的，同样只是今天我所看到的山冈之上的一座坟墓而已了。无论是多少代以前的人，无论是何等的人物，无论他当年在现实生活中有如何的成就，是寿还是夭，今天都是一座坟墓了。所以，"夫岂异哉"！有什么不同吗？没有什么不同。因此说："万代同一时。"千秋万岁的多少英雄、豪杰、圣贤、志士现在同归于一个最后的结束。是什么？都是我现在这一时所看到的一片坟墓。

这时，我猛然地觉醒了："千秋万岁后，荣名安所之？"即使是做一个圣贤，那荣名又在哪里呢？古人说："太上有立德，其次有立功，其次有立言。"（《左传·襄公二十四年》）这些都是追求一个荣名之不朽。然而，即使你"立德、立功、立言"，即使你成为英雄、豪杰、圣贤、志士，你也许留下荣名了，但当你留下荣名的时候，你到哪里去了呢？你那个荣名跟你有什么样的关系呢？荣名又算什么呢？所以，杜甫在《梦李白》的两首诗里边曾经有这样的句子，说李太白"千秋万岁名，寂寞身后事"。即使你有千秋万岁这样的声名，而那也是你寂寞身后的事情了。你又能够掌握、获得一些什么呢？岂不是仍然是死亡，仍然是虚幻，仍然是同归于腐朽吗？现在阮嗣宗也说了："千秋万岁后，荣名安所之？"正像杜甫所说的："千秋万岁名，寂寞身后事。"你那美好的名誉到哪里去了呢？"安所之"就是"何所往"。你那荣名又在哪里呢？不用说你未必有荣名，即使你有了荣名，那时你又在哪里？荣名跟你有何等关系呢？

"乃悟羡门子，噭噭今自蚩。"阮嗣宗说，可见，你在认识上追求任何的理想、任何的志意，最后的结果都是落空的。像这种思想之产生，当然是由于阮嗣宗生当那魏晋衰乱之世，他对于人世的一切都绝望了，不管是道德、人类的理想，都落空了，所有的一切都无可依凭、无可持守了。在如此衰乱的时代，什么叫礼法？什么叫道德？什么叫理想？什么叫圣贤？他觉得人生整个都失去了意义，失去了价值，失去了目的，什么都没有了，都落空了。所以，他才说出这样的话来，写出这样的诗句来。这是阮嗣宗所生的那个时代使他如此的。

但是，也有人说过这样的话：

> 子曰："道不同不相为谋。"亦各从其志也。……举世混浊，清士乃见。岂以其重若彼，其轻若此哉？（《史记·伯夷列传》）

司马迁引孔子的话是要说明这样一个道理，如果每个人没有一个所遵循的理想道路的话是不应该的，每个人都应该有自己的理想。因此，你不要管身后的荣名如何，也不要管现实的得失，只因为这是我的理想，是我所要追求的志意，我以为我这样做是好的，就这样做就是了，也就持守住了。陶渊明说："不赖固穷节，百世当谁传。"（《饮酒二十首》其二）千古以来，在我们中国历史上，之所以有光芒在闪烁，之所以不寂寞，就因为有这样的人物，他不计一切的得失、利害，而持守住本身的一份理想。阮嗣宗又何尝是一个没有理想的人？他是有理想的人。这首诗正是他的"反激"之言。因为他生的那个时代，他认为一切的礼法，一切的道德，人生的一切标准、价值都落空了。他很激愤、很悲慨地写了这首诗，而并不是说阮嗣宗真的是一个没有理想、没有持守的人物，不是的。正因为他有理想、有持守，才写下了这样"反激"的诗句。所以，他说："千秋万岁后，荣名安所之？"又何必做圣贤呢？又何必去追求不朽的声名呢？

"乃悟羡门子，噭噭今自蚩。"现在我才觉悟。觉悟什么？觉悟应该像羡门子一样才对的，不要像颜回、闵子骞一样。人生的理想不应该追求像颜闵那样圣贤，而应该追求像羡门子一样。羡门子如何？羡门子是古代的一个神仙，是一个仙人的名字。《史记·秦始皇本纪》上记载说：

> 始皇之碣石，使燕人卢生求羡门、高誓。

秦始皇曾经来游过碣石山，"碣石"是一座山的名字。秦始皇叫燕这个地方的一个姓卢的人，希望他能够寻求、找到像羡门、高誓这样的人物。那么，羡门、高誓是什么样的人物呢？《史记》裴骃的《集解》引韦昭的说法，说羡门是"古仙人"。"高誓"是谁呢？《史记》张守节的《正义》说："亦古仙人。"可见，羡门、高誓是古代的两个仙人。阮嗣宗说："乃悟羡门子，噭噭今自蚩。"有人就对这两句诗加以注解了。近代学者黄节先生说：

> 谓颜闵之徒，然已成丘墓矣。虽有千秋荣名，不如羡门之长生耳。是以今日自嗤。嗤昔年之志于颜闵也。

黄节先生说，虽然想要有千秋万岁的声名，但这其实是虚的，因为到那千秋万岁之后，你就化为粪土了，所以，不如学羡门子神仙那样，去追求学道长生的方术，这才是真正实在的。而死后的声名是虚幻的。我现在就是笑我自己当年要立志学圣贤，这真是多么愚蠢的一件事情。

清朝的何焯解释这两句诗时这样说：

> 此言少时敦悦《诗》《书》，期追颜闵。及见世不可为，乃蔑礼法以自废。志在逃死，何暇顾身后之荣名哉？因悟安期羡门，亦遭暴秦之代，诡托神仙尔。（《阮步兵咏怀诗注》引）

何焯认为，阮嗣宗的这首诗是说，他年少的时候真是崇尚、爱好《诗》《书》，真是向往于古代的圣贤，希望能够成为像颜回、闵子骞这样的圣贤人物。"及见世不可为"，当他看到当时魏晋的那个时势不可以有为，"乃蔑礼法以自废"，他就蔑弃礼法而自己以狂放自废了。我们看阮嗣宗的生平，他的确曾经说过这样的话："礼岂为我设耶！"（《晋书·阮籍传》）阮嗣宗说，这外表的硁硁琐琐的繁文缛节的礼法难道是为我们这样狂放、坦率的人所设的吗？所以，他就完全任他自己性情之狂放，而不遵守世俗之礼法，而以狂放自废。为什么？这真是有激而为。他看见魏晋之世，有多少人假禅让之名行篡弑之实，有多少人满口的仁义道德而所行的事迹是如此之邪恶、卑污。因此，阮嗣宗对于这圣贤的、外表的礼法，觉得是落空的、是失望的，于是就"志在逃死，何暇顾身后之荣名哉"？像这样衰乱的时代，还讲什么圣贤，还讲什么理想，只要能够逃避死亡就好了，哪里还管得到身后的声名呢？"因悟安期羡门，亦遭暴秦之代，诡托神仙尔。"他羡慕羡门子，不仅是因为羡门子是神仙，可以长生不老而已，而且是羡门子生当暴秦的时代，能够假托神仙之名，而脱离那暴秦的时代，脱离开尘世。表达出阮嗣宗对于魏晋之世的一种失望，说什么礼法，说什么圣贤，只要能够离开这衰乱的、邪恶的人世，能够保全生命就是最好的了。哪里还管什么千秋万岁之后的声名，还说什么为圣为贤的理想。所以，阮嗣宗说"乃悟羡门子"，意思是说，我现在才觉悟羡门子为什么要去求神仙，为什么要去做出世的神仙，而不做一个救世的圣贤，为什么缘故？因为他对现实的一切失望了。于是，"噭噭今自蚩。""蚩"是笑，讥笑。"自蚩"就是自己对自己蚩笑。那么，"噭噭"两个字是什么意思呢？一般地说，"噭噭"是表示一种悲哀的声音。比如像《庄子》的《至乐》篇里边有这样一句话，说庄子的妻子死了，他没有哭。在庄子看来，人的死生是一种自然的现象，于是，庄子说，我又何必"噭噭然随而哭之"呢？所以说，"噭噭"应该是悲哭的声音。还有刘向的《九叹》上也有这样的话："声噭噭以寂寥兮。"

《楚辞》的注解说："嗷嗷，呼声。"说它是一种悲呼的声音。不管是哭泣还是呼号，阮嗣宗所说的"嗷嗷今自蚩"就是说我对于我自己过去的那一份悲哀、那一份失望，真是觉得可悲可泣了。但是如果我们不是这样拘执，这样狭隘，一定要把"嗷嗷"讲成是哭的声音，如果把"嗷嗷"讲成是一种笑的声音，讲成它只是象征一种声音，是象声之词，模仿一种声音，是哭的声音，是叫的声音，或者是笑的声音，何尝不可以呢？说成是我就这样地冷笑，这样"嗷嗷"地讥笑我自己，笑我当年的志意真是愚蠢。如果说，笑我当年的悲哀，当然也是可以的。或者只解释成说，我现在才觉悟我当年的那一份理想、圣贤的志意真是愚蠢，所以，我就讥笑我自己了。

徘徊蓬池上

徘徊蓬池上，还顾望大梁。

绿水扬洪波，旷野莽茫茫。

走兽交横驰，飞鸟相随翔。

是时鹑火中，日月正相望。

朔风厉严寒，阴气下微霜。

羁旅无畴匹，俛仰怀哀伤。

小人计其功，君子道其常。

岂惜终憔悴，咏言著斯章。

第十二首诗，在阮嗣宗的咏怀诗里是非常重要的一首诗。有多少人解说阮嗣宗的咏怀诗，都认为在他的诗里边确实有一种讽喻、寄托之意，其中有很多首诗都是讽喻当时的魏晋之交的那个时代的，写的是司马氏篡魏的这一件事情。尤其是这第十二首诗，我们可以非常明白地看到这一种讽喻、寄托的深意。

"徘徊蓬池上，还顾望大梁。"从这开头的两句，我们就可以体会出阮嗣宗那一份深意。"蓬池"是什么地方？根据《汉书·地理志》的记载，河南开封东北有蓬池。在河南开封东北，有一个地方就叫作蓬池。"大梁"在什么地方？"大梁"相当于现在河南开封西北的地方。"大梁"是战国时期魏国的都城。战国时有所谓战国"七雄"之说，即齐、楚、燕、韩、赵、魏、秦。其中的"魏"就是指魏国。而魏国的名称——魏，恰好与三国曹魏的"魏"是同一个字。战国时的魏国的都城就是"大梁"。曹魏的都城并不在大梁，而在洛阳。洛阳虽然不是大梁，但洛阳也是在河南，因此，"大梁"在阮嗣宗的这首诗里边，实在指的是曹魏的京都，就是洛阳。为什么这样说呢？第一个原因是因为当年战国时代的魏国的"魏"字，同曹魏的"魏"字本来就相同；第二个原因是因为大梁在河南，曹魏的都城也在河南。所以，以这个"大梁"借指曹魏的都城洛阳，那是非常自然，而且是非常明显地就可以看出来的一种借喻。古人的一些诗作、词作，有些人确实是有喻托的，而有些人不一定是有喻托的。比如像温飞卿的词，有一些人认为它里边有喻托的深意，清朝的张惠言的《词选》就认为飞卿之词都是有一份寄托深意的。可是，飞卿的词实实在在有没有这一份深意，我们很难相信，也很难确知。因为我们从温飞卿的生平以及温飞卿的作品中，都不能够得到确实的信证。可是，阮嗣宗的咏怀诗里边有一份讽喻、寄托之意，这是我们可以求得信证的。我们确实可以在阮嗣宗的诗里边感受到，他讽喻的是当时那朝代的更迭，那种从曹魏到晋中间的那一段以禅让为名，行篡逆之实的朝代更迭的悲慨。所以说，司马昭之心路人皆知了。阮嗣宗对这个时代的一份悲慨，尤其在这一首诗中是可以明显地感受到的。"徘徊蓬池上，还顾望大梁。"他以"大梁"为喻托，隐然指的是当时的都城，而"蓬池"是都城附近的地方。他说，我这样满心忧虑、哀伤地徘徊、彷徨在蓬池之上，我屡次回首还顾、瞻望那都城大梁。在我们中国诗歌史上，有多少人写到自己国家的都城的时候，那一份眷恋之意都是如此的。杜甫，当他出官华州的时候，离开长安城，就曾经写过这样的诗句，说我"无才日衰老，驻马望千门"（《至德二载甫自京金光门出问道归凤翔乾元初从左拾遗移华州掾与亲故别因出此门有悲往事》）。杜甫说，我停下马来，回头看一看长安城宫阙的千门万户。还有，当杜甫离开后来肃宗的行在凤翔，要回到鄜州去探望他的妻子时，他曾经有这样两句诗："回首凤翔县，旌旗晚明灭。"（《北征》）我回头看一看凤翔县，看到那些旌旗在黄昏的落日余晖之中闪动的样子，表现出要离开自己的朝廷，离开自己的都城，那一份回顾、眷恋的情意。还有王粲的《七哀诗》，也曾经这样说过："南登霸陵岸，回首望长安。"当我登上霸陵（汉文帝的坟墓）的时候，回头看一看都城长安。可见，有多少人写到对于都城的一份眷恋的时候，都用这"还顾""回首"种种的字样。阮嗣宗也说，"徘徊蓬池上"，我

"还顾望大梁"。就在这一"还顾"、一"回首"之间，有多少眷恋，有多少哀伤，有多少对于国家危亡的忧虑。那么，我"徘徊蓬池上，还顾望大梁"，看见些什么？

"绿水扬洪波，旷野莽茫茫。"这两句诗当然是有一种象征的喻托，并不是完全写实的。他说，我只看到那蓬池的池水真是"绿水扬洪波"，"洪"是大的意思，有这样大的波浪，波涛滚滚的样子，蓬池里的绿水波涛翻滚。我再看一看那空旷的郊野，真是"旷野莽茫茫"，如此空旷的一片郊野。"莽"是草木丛生的样子，"茫茫"是广大的一片。《楚辞》上曾经有这样一句，说"莽茫茫之无涯"（《文选·咏怀诗十七首》李善注引），你看一看那旷野草木丛杂，真是这样遥远、苍茫、广远的一片。那么，阮嗣宗要说的是什么？他要说的只是水中大的波浪吗？只是那旷野苍茫的一片杂生的草木吗？不是的，阮嗣宗要写的是他对当时时代的那种危亡、衰乱的一份感受。那真是"滔滔者天下皆是也"的一份乱世的悲慨。"绿水扬洪波"，不只是蓬池的现实的池水在扬洪波，是整个时代的动乱在扬洪波。"旷野莽茫茫"，那种空旷、那种荒凉的感觉，不只是蓬池的那一片郊野而已，而是他对整个人生的那种绝望、那种黑暗、那种衰乱的一份感受。他觉得人世在当时像一片旷野一样，到处是丛生的杂乱的野草树木。在那"旷野莽茫茫"之上，看见些什么？

"走兽交横驰，飞鸟相随翔。"我只看到在那旷野之中有奔跑来往的野兽。"走兽"是说奔跑来往的野兽；"交横驰"是说交杂纵横地在旷野上奔跑，是一种禽兽横行的样子。"飞鸟相随翔"，有多少飞鸟一只随着一只，一只随着一只，相随着高飞远去了。所以说，当时的时代是波涛滚滚，旷野茫茫，走兽横驰。这样的时代，这样的人世，是在什么时候？

"是时鹑火中，日月正相望。"这两句诗阮嗣宗说得真是非常切实。他说，是什么时候让我发现了我所处的人世到处是洪水扬波，到处是那丛生杂乱的野草，到处是纵横驰骋的野兽？那是"鹑火中"的时候。

什么是"鹑火中"的时候呢？"鹑火"本来是天上一颗星的名字。"鹑火中"是说"鹑火"这颗星正在天中，正当天的中央的那个时候。那么，什么时候"鹑火"星正当天的中央呢？应该是在九月、十月之交的时候。它见于《左传·僖公五年》的记述。《左传》上这样记载着说：

> 晋侯复假道于虞以伐虢。……八月甲午，晋侯围上阳。问于卜偃曰："吾其济乎？"对曰："克之。"公曰："何时？"对曰："童谣云：'丙之晨，龙尾伏辰，均服振振，取虢之旂。鹑之贲贲，天策焞焞，火中成军，虢公其奔。'其九月、十月之交乎！丙子旦，日在尾，月在策，鹑火中，必是时也。"

晋国要去攻打虢国，晋侯就问卜偃（卜偃是晋国一个会占卜吉凶的人）说："吾其济乎？"说你看我这次攻打虢国能成功吗？"对曰：'克之。'"卜偃说一定能成功，一定能够把虢国打败。"公曰：'何时？'"什么时候能够攻克虢国，把他们打败呢？"其九月、十月之交乎！"大概在九月、十月之交的时候，就是在九月底十月初的时候。"鹑火中"，在那个时候，天上的鹑火星正在天中，"必是时也"，一定是这个时候。《左传》上还引了一个童谣，因为我们不是讲《左传》，所以讲到这里就够了。

《左传》所记载的是周朝的时候的事情。周朝所用的历法本来是建子月，周朝以子月为正月。因为夏、商、周三代不同历：夏朝是建寅，商朝是建丑，周朝是建子。从地面看上去，北斗星在天上是轮转的，它斗柄所指的方位，一年四季各不相同。春天的时候，是"斗柄回寅"。如果你在黄昏的时候观测，斗柄正指在天上寅的方位。因为夏朝是建寅，当斗柄指在寅的方位的时候，就是正月。商朝是建丑，以斗柄指在丑的方位的时候为正月。周朝是建子，以斗柄指在子的方位的时候为正月。那么，春秋僖公五年（前655）的时候，本来用的是周历，应该以建子月为岁首。可是，卜偃说的这个九月、十月是周历的九月、十月吗？是周朝的九月、十月吗？不是的。杜预《春秋左氏经传集解》上说："夏之九月、十月也。"杜预说，卜偃所说的九月、十月之交可以打败虢国，不是周朝的九月、十月，是用的夏朝的历法，是夏朝的九月、十月。古人有的时候，虽然他的朝代改了历法，然而，一般占卜所用的，或者是耕种、农耕所用的历法常常还是依照夏历的。所以，这里虽然是发生在周朝的事情，可是，卜偃占卜所用的历法不是周历而是夏历，是夏历的九月、十月之交。

这里，我为什么要费很多时间说明鹑火星在天中是九月、十月之交，还特别要说明卜偃所说的九月、十月是夏历的九月、十月呢？因为这个问题牵涉到当时阮嗣宗写诗所暗指的一段历史。曹魏的历法，本来是继承了汉朝的历法，后汉的历法本来是用夏历的。可是，在魏明帝景初元年（237）的时候，曾经改过一次历法，以建丑月为正月，而不用夏历了，不以建寅的那个月为正月了，这跟商朝的建历是一样的。可是后来，到曹芳正始元年（240）的时候，又改了一次历法，改用夏正了。这段历史情况，在《三国志》的《魏书》的那些皇帝的《本纪》上都有记载。

我们知道，曹芳后来是被司马师给废掉了，曹芳被废是在什么时候？是在曹魏的曹芳嘉平六年，就是公元254年。在曹魏的嘉平六年九月甲戌，当时的曹魏的权臣司马师就废其君曹芳为齐王。那么，九月甲戌是哪一天呢？关于这段历史，《三国志》上有记载。九月甲戌是曹魏嘉平六年的九月十九日。我们可以清楚地推算，因为当时的那个月的朔日初一是丙辰朔，用干支推算，甲戌的干支正是九月十九日，是夏历的九月十九日。这一日，司马师废了曹芳。司马师不好意思直接篡位，然后在十月庚寅，他就另立了一个皇帝，就是高贵乡公曹髦。那么，十月庚寅是哪一天呢？我们可以推算，从甲乙丙丁戊己庚辛子丑寅卯辰巳午未推算下来，从九月的甲戌是九月十九日推算下来，十月庚寅应该是十月初六。因为九月是小月，十月乙酉朔。十月初一是乙酉。所以，九月只有二十九天，庚寅就是十月初六了。

这里，我讲了很多历法的事情，好像很琐碎。但是，为了解说阮嗣宗的这首诗，我们一定要做这样的考证。因为阮嗣宗这首诗中确实指的是当时发生的这件事情。我现在再说一遍，就是在曹魏嘉平六年九月甲戌的那一日，那是夏历九月十九日，司马师废了曹芳，把他废为齐王。到十月庚寅，就是夏历十月初六那天，司马师立了高贵乡公曹髦。这一段时间正是鹑火星在天中央，正是夏历九月、十月之交的时候。

阮嗣宗说"是时鹑火中"，指的是九月、十月之交的时候，"日月正相望"。什么叫"望"？我们把初一叫作朔日，把十五叫作望日。就是阴历每月十五月圆的时候是望日。孔安国解释"望"说："十五日，日月相望也。"（《文选·咏怀诗十七首》李善注引）什么叫日月相望呢？就是太阳的光恰好都照在月亮上，中间没有地球影子的遮蔽，是满月，正是日月完全相对的时候。"望"字在这首诗中押的是平声韵，所以应读作"wáng"。刚才我说了，曹芳之被废是在九月十九日，并不是十五日。可是，司马师之要废曹芳，他自己先定了谋划，然后再对太后说，并请太后下诏命废曹芳。我以前曾经讲过，曹芳本来并不是太后所生的儿子，是魏明帝的养子。太后只是名义上的太后，并非曹芳的真正母亲，所以，当司马师向太后提出要废曹芳的时候，太后就把曹芳废了。太后正式废曹芳是九月十九日，然而，这个计划，司马师可能是在十五日就已经定谋了，所以就是"日月正相望"。可见，司马师九月十五定谋要废曹芳，九月十九实行这个计划，十月初六另立了曹髦。这一系列事件都发生在九月、十月之交的时候，是"鹑火中"的时候，是"日月正相望"的时候。所以，阮嗣宗在这首诗中表现出的那种讽喻、悲慨的意思，我们是非常明白地可以看见的。他确实是有喻托的，而不是泛泛抒情的作品。这是我们可以确信、确指的。

我在前面曾经说过，阮嗣宗的这首诗在他的八十几首咏怀诗中，是非常重要的一首诗。因为这首诗里边他所慨叹的，是当时魏晋之际那一件变乱的史实，是确实有所指的史实。阮嗣宗的咏怀诗可以分为两部分，一部分确实影射了当时的历史上的一些时事；另一部分只是写阮嗣宗生在那个时代的一般的悲慨，就是"所生不辰"的一般的悲慨，以及在这种"所生不辰"的感受下所形成的一种人生观、一种感情、一种意念。

阮嗣宗所写的确实有所指的那部分诗，比如说，我们所讲的第四首咏怀诗："丹青著明誓，永世不相忘。"这第四首诗是他希望司马氏不要行篡逆的一种祝愿，希望司马氏能够忠于曹魏到底，是一种感情的祝愿。还有第六首咏怀诗："李公悲东门，苏子狭三河。求仁自得仁，岂复叹咨嗟？"有人解释这首诗所指的是当时像钟会、成济这一类人，他们依附司马氏，并以为是得计的。他们追求权势，追求利禄，而他们的结果都没有得到善终，落得被杀死的下场。像这样的诗，在当时那一段历史的史实中是确实有所指的，是暗中有所喻托的。然而，这样的诗都没有像我们现在所讲到的这第十二首诗表现得更清楚、更激切。这首诗从一开头就把我们带到了一个非常苍茫的、非常动乱的境界中去了，"徘徊蓬池上，还顾望大梁"，他以战国时期的魏都大梁影射当时曹魏的都城洛阳，就已经在暗示他所写的是对当时的都城所发生的一件事情的悲慨。"绿水扬洪波，旷野莽茫茫。走兽交横驰，飞鸟相随翔。"这几句诗表面上所写的只是景物，而实际上他所写的"洪波"，那种洪水横流，那种旷野的苍茫，那种走兽的奔驰，以及天空之中鸟雀的飞翔，都是表现了一种危乱不安的情形。这种危乱不安不是眼前的景物，是那个时代的危乱不安。尤其是接下来的后面两句，他写得就更清楚了："是时鹑火中，日月正相望。"就在九月、十月之交的时候，鹑火星正在天中央的时候，这个时候，日月恰好完全相望。当时曹魏的权臣司马师蓄谋废曹芳，果然就废了曹芳，并另立了曹髦。这两句诗，阮嗣宗所指的当时的那一段历史是非常确切也是非常明显的。"是时"两个字说得多么肯定，"正"字说得多么确指。当一个人生当这样的时代，眼看到这时代的危亡、变乱，这种篡逆不臣的现象发生，而无能为力，当然是感慨悲哀了。

所以，他说那真是："朔风厉严寒，阴气下微霜。""朔风"是北风，凛冽的寒风。"厉"，动词，这里是指增加的强厉，更增加的意思。他说，我真是感到那凛冽的北风更增加了严寒。"阴气下微霜"，这种阴寒、阴冷的气候使得天空上降下来那薄薄的寒霜。在九月的季节，天气已经冷了，已经是露结为霜了，从天上降下的不再是露水，而是寒霜了。阮嗣宗的这两句，如果从表面上看，说它所写的是九十月间的景物也未始不可，然而，阮嗣宗的诗是"言在耳目之内，情寄八荒之表"，实在是有很深的含蕴和寄托。表面上是写凛冽的北风吹在身体上所感受的寒冷，而实在是写那个时代给我们的那一份失望、绝望的悲苦的感觉，是那个时代使我们内心所感受到的寒冷。

"羁旅无畴匹，俛仰怀哀伤。"我生在这个世界上，像是一个"羁旅"的旅客一样。"羁"是羁留，指留在异地不能还乡的旅客，长久地居住在异乡的旅客。如果你出去在外一天就回来了，像同学们出去旅行，当天就回来了，虽然是"旅"，但绝不是"羁旅"，只有长久在外作客才是"羁旅"。"无畴匹"的"畴匹"是同伴的意思。"匹"本来是说一个匹配的伴侣、一个配偶。"畴"者，同类的人。"畴匹"是指我的知己的朋友、同类的人，我的心同志合的人。有这样的朋友吗？没有的。我生在如此寒冷、黑暗、危乱的时代，好像是一个羁留在他乡的旅客一样，没有一个朋友、伴侣和我在一起。所以，"俛仰怀哀伤"。"俛"字念"俯"，意思是相同的，表示低头；"仰"表示抬头。无论是我低头还是抬头，无论我的起居言动，无论我怎么生活，我满怀的都是哀伤。为什么？因为我的遭遇是"朔风厉严寒，阴气下微霜"。而且，我是"羁旅无畴匹"，是如此孤单，如此寂寞、悲苦的一个人。

"小人计其功，君子道其常。"在这样的环境、时代之中，你应该怎么样地生活呢？在一个危亡、变乱的时代之中，你该采取什么样的生活态度呢？阮嗣宗说，如果是小人就计其功，计较的是现实的一己私人的利害、得失、成败、福祸，他没有道德的观念，没有忠义的观念，只是一份功利的思想，而且非常自私、狭隘。可是，君子就不然了，古人说："富贵不能淫，贫贱不能移，威武不能屈。"（《孟子》）因为我们人生有我们一个做人的标准，有一个做人的目的，有一份在品格感情上的持守。无论我们遭遇的时代是一个什么样的时代，而我们所遵守的道路是不会变的。所以，居于仁，行于义。我所走的路永远是有一个途径可以遵循的。因此说："君子道其常。""君子道其常"与"小人计其功"前后相对，"计"是个动词，"道"也是个动词。"道"本来是指一条道路，道路是人所遵循的，人所由往的。他说，君子所持守的、所遵循的是什么？

是一个做人的常道："富贵不能淫，贫贱不能移，威武不能屈。"我们做人的道理不能因为外界的变化而改变，应有一个常道的持守。"计其功"跟"道其常"是有出处的。《荀子》的《天论篇》上说：

> 天有常道矣，地有常数矣，君子有常体矣。君子道其常而小人计其功。

这段话的意思是说，上天有它上天的一个正常的运行次序，地也有地的运行次序。这就是我们古人所说的皇天后土，说皇天有皇天的秩序，后土也有后土的秩序，而君子也有他正常的持守。君子所遵循的是"常道"，而小人呢？他所计较的是眼前的功利。

"岂惜终憔悴，咏言著斯章。"在这样的时代，在朔风与严寒、阴气与微霜之中，你如果不趋炎附势地找到你自己依傍的权势，也许你真的会在那朔风与严寒、阴气与微霜之中被摧毁了。可是，我宁可被摧毁，我也不肯趋炎附势，苟且偷生。小人看到朔风严寒、阴气微霜就趋炎附势地找一个荫庇依托之所，而君子则不然，君子还是按照他正常的生活态度生活下去。"岂惜终憔悴"，就算我最终终于憔悴了，我终于被那朔风严寒摧毁了，我又哪里顾惜呢？"岂惜"是哪里吝惜、哪里顾及的意思。我只要"道其常"，至于是不是憔悴，那不是我所计较的。所以说，"正其谊不谋其利，明其道不计其功"（《汉书·董仲舒传》）。我只考虑我所行的是不是合乎常道，是不是合乎正义，至于我自己的安危、得失不是我所计较的。屈原的《离骚》说："亦余心之所善兮，虽九死其犹未悔。"只要是我真心认为正当的、该做的事情，那我就算九死都不怕，何况只是憔悴呢？所以，阮嗣宗说"岂惜终憔悴"，我哪里顾及我自己终于被摧毁、变憔悴？我就把我自己的这一份情意，我对于那朔风严寒、阴气微霜、绿水洪波、旷野茫茫、走兽横驰、飞鸟随翔的一份时代的危亡、变乱的感受写下来，把我内心的绝望、悲慨，我在这样的时代所受到的摧毁、憔悴写下来，我把这一切都写下来。"咏言著斯章"，我把它吟成诗，我用言辞表达下来，"著"明在"斯章"，写在这首诗里边。我刚才说过，这是阮嗣宗写得非常明显的一首诗，诗中所指的真是当时司马师废曹芳、另立曹髦的经过，他把皇帝被任行废立所感发的时代的悲慨写到这首诗里来了，而且是明明白白地写出来的。

沈约解释这首诗说："小人计其功而通，君子道其常而塞，故致憔悴也。"他说，因为那些小人他们只是计较功利，看起来他们反而都很得意，都很通达、很显达。君子遵守常道却遭遇到不幸而"塞"，而闭塞前途，反而行不通。"故致憔悴也"，所以，君子就致于憔悴了。另外，还有清朝的方东树评说阮嗣宗的这一首诗，他说："此诗盖同渊明《述酒》，必非惜一己之憔悴也。"（《昭昧詹言》卷三）他说，阮嗣宗的这一首诗的寄托、感慨很深，就好像陶渊明所写的《述酒》诗一样。《述酒》诗是陶渊明诗里边最难解说、最难理解的一首诗。因为，他在诗中所寓托的一份含义也是非常深切的。方东树认为，阮嗣宗的这首咏怀诗所说的憔悴一定不只是指一己的憔悴，也是指当时那个时代的危乱；不只是写自己一个人的悲哀，也是影射整个社会的悲哀。清朝的陈祚明批评这首诗，说：

风霜以喻式微，羁旅以喻寡党，此计功者所必去，而君臣分义乃经常，不可失也。公如仅以高旷为怀，而甘心憔悴者，何必曰"君子道其常"乎？（《采菽堂古诗选》卷八）

陈祚明认为，阮嗣宗这一首诗里边所说的"朔风""严寒""阴气""微霜"是比喻的什么，"风霜以喻式微"。"式微"本来是出于《诗经》："式微式微，胡不归？"（《邶风·式微》）"式"字在《诗经》里边是个语助词，"微"是说衰微。陈祚明所说的"式微"是指曹魏时代的衰微，说"朔风""严寒""阴气""微霜"都指的是曹魏时代的衰微。"羁旅无畴匹"是比喻"寡党"。意思是说，像他这样心意的人，要找到志同道合的朋友是没有的。比喻在当时魏晋之交的那个时代果然心存忠义而想要保全曹魏的人物是很少的，是很难找到的。在这种时代的环境之中，"此计功者所必去"。所以，如果一个人只看到现实的功利，所计较的只是眼前的利益的话，那么，他"所必去"，他一定会离开这样的朝廷。因为这样的朝廷已经"式微"了，你仍然拥护这个朝廷，将来就会没有前途了。而且，拥护这个朝廷的人很少了，许多人都趋炎附势，趋向新朝了，去投奔新的皇室了。然而，君臣的这种名分，君臣的这种节义是一定的，是应该持守的。"君臣分义乃经常，不可失也"，这是做人的一个正常的法则，我们不可以违背。一个人不能只看到眼前的利害，而要看到那义与利之间的分辨，就是正义与利得之间的分辨。《孟子》上说：

> 孟子见梁惠王，王曰："叟不远千里而来，亦将有以利吾国乎？"孟子对曰："王何必曰利，亦有仁义而已矣。"

古人所说的做人最基本的条件是在于正义，利与义之间要有一个非常明确的辨别，有一种明辨。虽然是曹魏"式微"了，"计功"的人一定会离开，然而，君臣的这种忠义是"经常之道"，是不该离开的，是不该错过的。后面陈祚明又说："公如仅以高旷为怀，而甘心憔悴者，何必曰'君子道其常'乎？"假如阮嗣宗果然是只以高旷为怀的人，果然是一个怀抱非常旷达，鄙弃尘世而自己超凡脱俗，内心非常旷达的一个人，那么，他何必在这首诗里说"君子道其常"呢？由此可见，阮嗣宗把君臣之间的那一份忠义，那一份名分看得非常重，并不是一般的逍遥、超脱，而只想保全自己的高洁、以旷达为怀的一个名士而已。所以，阮嗣宗说："岂惜终憔悴，咏言著斯章。"他是有很深的一份寄托的深意的。

炎暑惟兹夏

炎暑惟兹夏，三旬将欲移。

芳树垂绿叶，青云自逶迤。

四时更代谢，日月递差驰。

徘徊空堂上，忉怛莫我知。

愿睹卒欢好，不见悲别离。

这第十三首咏怀诗，也是阮嗣宗悲慨非常深的一首诗。

这首诗从表面上看，写的只是季节的演变。阮嗣宗说："炎暑惟兹夏，三旬将欲移。""炎暑"是说炎热的夏天。他说，天气只在夏季最炎热。夏季一般说本来是有三个月。如果我们按照阴历说，正月、二月、三月是春天，四月、五月、六月是夏天。而四、五、六这三个月里边最炎热的日子实在是六月。所以，这首诗中所说的"炎暑""兹夏"应该指的是六月的时候。他说，如此炎蒸、暑热的日子，只有那六月的时候是最炎热的。但是，那暑热的六月的三十天很快就会过去的，"三旬将欲移"。十天叫作一旬，"三旬"者就是三十天，一个月就是三十天。三十天炎热的日子就要过去了，就要转变了。

"芳树垂绿叶，青云自逶迤。"在夏天的时候，有如此美好的树木。"芳树"就是美好的树。我们常常把树的美好称作"芳"。他说，芳树长得真是这样茂盛，"垂绿叶"，它碧绿的枝叶向下垂俯着，一片浓阴的凉阴。"青云自逶迤"，"逶迤"两个字是斜曲而悠长的样子。比如像杜甫的《秋兴八首》诗里边有这样的诗句："昆吾御宿自逶迤，紫阁峰阴入渼陂。""逶迤"是说那条从"昆吾御宿"到"渼陂"的路，是这样斜曲长远的样子。无论什么事物，说它是斜曲而长远的样子都可用逶迤来形容。阮嗣宗这句诗的意思从字面上看，是说天上的云淡淡的、薄薄的，看起来是如此清爽。关于"青云"的"青"字，有的版本写作"清"，有的版本写作"青"。"清"就是清澈、澄清之意，"青"就是青色的颜色。两者都是指天上的云，言其淡薄、清爽的样子。我们常说的"平步青云"，就是这个"青云"二字,是指青天上的云。"青云自逶迤"是写天空上那淡淡的微云拖长了,斜斜的、长长的,一缕薄云漂浮的样子。可是,关于"青云"两个字,还有另外一种解说,就是刘履的《选诗补注》上的解说。刘履是元末明初的人,著有《选诗补注》一书,也对阮嗣宗的这首咏怀诗进行了解说。刘履说:"青云,绿叶垂荫之象。"(《阮籍集校注》引)他认为,青云就是绿叶的树阴垂俯下来的样子,绿色的枝叶在我们头顶上,高高地遮蔽了阳光,好像是一朵绿色的云彩一样。我认为,这里的"青云",仍然把它解释为天上的云更好。因为上一句诗"芳树垂绿叶"就已经写了绿叶了,如果再把"青云自逶迤"解说成绿叶垂阴,两句诗说一件事情,不免于重复。而且,每当我们说到绿叶垂阴时,也很少用逶迤来形容。所以,我感觉还是把"青云"解说为天空上的云更好。阮嗣宗说,在炎暑的兹夏,虽然有芳树绿叶,有青云逶迤,是很美丽的景物,但是,这短短的三十天很快就要过去了。

"四时更代谢,日月递差驰。""四时",是指春、夏、秋、冬的四季。"更"者,更替轮流。"代谢"者,更迭着消逝。"四时更代谢"是说春去夏来,夏去秋来,秋去冬来,冬去又是春来,这样更代轮流,这样推移消逝了。"日月递差驰","递"者,一个接着一个,一件事接着一件事地层递。这里是说天上的太阳和月亮昼夜一个接着一个,一步接着一步地轮转地出现、再现。"差驰"是相次而奔驰的意思。"差"在这里读"cī"的音。近代学者黄节先生注解这句诗说:

差驰一作参差，疑驰当作池，参差差池，同为不齐之貌，言日月出没不齐也。五臣谓差驰，言相次而奔驰也，恐非是。

黄节认为，"差驰"这两个字也可以写作"参差"，或者我们还可以写作"差池"。无论是参差，还是差池，都是不整齐的样子，"言日月出没不齐也"。说太阳跟月亮升起来、落下去不整齐。太阳从西边落下去了，月亮从东边升上来了；月亮从西边落下去了，太阳又从东边升起来了。它们的升降是不整齐的，出没是不整齐的。《文选》五臣的注解说"差驰"是"言相次而奔驰也"，就是一个接着一个在天上奔驰，太阳跟月亮轮流着、一个接着一个在天上运转。黄节说："恐非是。"他认为五臣的这种注解恐怕不大正确，应该是不整齐的意思。此外，还有的本子也做"参差"，都同样解说为不整齐的意思。我认为，黄节的意思比较正确。因为，说"相次奔驰"很少有用"差驰"的，而用"差池"两个字来表示，就是不整齐的样子。阮嗣宗说，当我看到光阴的消逝，时间的推移，像屈原的《离骚》所说的"日月忽其不淹兮，春与秋其代序"，于是，我就产生了一份时节如流、人生苦短无常的悲慨。

"徘徊空堂上，忉怛莫我知。"我这一份悲哀、感慨没有人了解，我徘徊、彷徨在一个空虚、寂寞的厅堂之上，没有一个伴侣，没有一个知己，"羁旅无畴匹"。在当时的那个时代之中，阮嗣宗的一份悲慨没有办法向别人诉说，而别人也未见得与他有相同的深沉的悲慨。所以，我独自徘徊在空堂之上，"忉怛莫我知"，"忉怛"就是悲伤的意思，是极深切的悲伤。他说，我满怀着深切的悲伤，但是没有人了解我。《荀子》的《天论篇》说："日月递炤，四时代御。"日月相互更迭轮流地照耀在世界上，春夏秋冬的四时季节更迭轮流地统治着宇宙，"代"也是更迭轮流之意。"御"者，统治世界、宇宙。那么，有时是春统治着这个世界，有时是夏，有时是秋，有时是冬，这样"四时"代序地运行。光阴就如此地消逝了，在日月的推移之中，我"徘徊空堂上，忉怛莫我知"，没有人了解我这一份悲慨。

"愿睹卒欢好，不见悲别离。"我真是这样深切地盼望着，在这样短暂无常、四时推移的人世之中，能够看到人类的感情保持始终如一、永不改变，这样一份快乐、美好的感情，一种互相欢爱要好的感情。我"愿睹"，我这样深切地希望我能够看见"卒欢好"，我们从始到终能够保全我们彼此的一份欢爱、一份要好的感情。"不见悲别离"，我不要看到人世之间有这样不幸的悲哀别离的事情发生。

如果从表面上看，阮嗣宗这首诗所写的是炎热的日子并不多。炎热代表什么呢？代表感情的温暖、热情，代表兴盛，代表旺盛。他说，那旺盛的日子，有着这样温暖的热烈的感情的日子是不长久的，"三旬将欲移"了。虽然眼前有芳树绿叶，有青云逶迤，可是，有一天，当夏天结束了，秋天来到了，像班婕妤的《团扇诗》所说的"常恐秋节至，凉风夺炎热"了。有一天，秋天来了，就把那夏天的炎热都赶走了。有一天，一个人的感情改变了，就把他当年的热情都丧失了。所以，"四时更代谢，日月递差驰"。我真是有这样一份变化推移的恐惧。"徘徊空堂上，忉怛莫我知。"没有人知道我对这种无常变幻的恐惧，我真是盼望宇宙之间再也没有这样无常、变幻的事情发生，希望一切都是可以把握的，都是可以信赖的，世界上人与人之间欢乐美好的感情都是始终如一的，再也不要看见有悲哀别离的事情。阮嗣宗这一份感情、愿望当然是写得很深切的。可是，他所写的只是这样一份泛泛的感情、愿望吗？只是一般人对于这无常变幻的悲慨吗？对阮嗣宗来说，很可能不仅如此，还有另外的悲慨，就如同我们所讲的上一首诗中"是时鹑火中，日月正相望"一样，光是写九月、十月的季节吗？不是的，是在九月、十月之间所发生的事情，是在曹魏的嘉平六年曹芳被废的事情。因此，这首诗他所写的也应该不仅是普通的泛泛的对这样无常推移的悲慨而已，他是有所指的。指的是什么事情呢？

陈沆的《诗比兴笺》以为：

> 《魏志》：甘露五年，六月甲寅，司马昭立常道乡公，改元景元。在月之三日，故首云"炎暑惟兹夏，三旬将欲移"也。又以为成功之去，比运祚之移，而曰"愿睹卒欢好，不见悲别离"。危其复为齐王、高贵乡公之续也。

陈沆说，这首诗指的是曹魏的甘露五年的时候，司马昭把国君曹髦杀死了。我在讲前一首诗的时候曾经讲到过，在曹魏的嘉平（曹芳年号）六年，那是公元254年，司马师把曹芳废了，立了高贵乡公曹髦。现在，陈沆说的是曹魏的甘露五年，是公元260年。从司马师废曹芳而另立曹髦到司马昭杀曹髦，仅有六年之久。这是什么时候？这个时候曹魏又发生了一件重要的事情，就是国君曹髦被杀死了。六年前，司马师废了曹芳、立了曹髦，六年后，司马师的弟弟司马昭杀死了曹髦，另立了常道乡公曹奂。我们看一看，当时曹魏的这几个君主，他们的废立真是由了人了。所以，阮嗣宗很悲哀地写下了这首诗。陈沆说，这首诗指的就是这件历史事实："危其复为齐王、高贵乡公之续也。"他说，我真是希望这一次你们之间的感情能够保持始终到底，如此之欢爱、如此之美好。意思是说，希望司马昭所立的常道乡公曹奂不再像从前的曹魏的君主曹芳一样被废，更不要像曹髦一样被杀死。所以，"愿睹卒欢好，不见悲别离"。这首诗的慨叹是非常深切的，不是只像一般人泛泛地指人生的变幻无常而已。

阮嗣宗的诗有一个好处，就是他一方面当然地反映了当时他所生的那个时代的历史，像这首诗所写的曹芳被废，曹髦被立，而后曹髦又被杀，曹奂又被立，这样真真切切的历史；另一方面，阮嗣宗的诗更大的好处实在不仅止于他反映了当时的那个时代，在史实上他有一份喻托、讽刺的深意而已，而是他在感情上真是写到了古今永远不变的一份人类心灵深处的感情，这才是阮嗣宗这个诗人真正伟大的地方。

我这样说，也许说得不够清楚。就是说，在我们中国古代诗人之中，有一些诗人，是很好的诗人、很伟大的诗人，他们真是反映了那一个时代！如果我们说每个时代有每个时代的面目，或者说每一个人的生平遭遇有他那个人生道路的轮廓，他生平所过的生活曲线的轮廓，那么，有一些诗人，他们确实把那个时代的面目或者是他们本身遭遇的那个曲线的轮廓反映出来了。如果说感情像一个没有定型的模子一样，那个时代的面目或者自己个人遭遇的曲线轮廓，像一个雕刻物一样是可以印出来的。这些诗人，以他们的感情跟那个时代的面目、个人的曲线轮廓相接触的时候，他们这个感情的模型就很鲜明地印出来一个时代面目的影子和自己遭遇的曲线轮廓。这当然是很好的诗人了，他们真是反映了一个时代，真是表现了自己的生活。然而，更好的诗人、更伟大的诗人还在于他透过那时代的面目之外（不错的，他是反映了那个时代），他果然有他一份很真切的生活体验在其中，使我们透过那个时代的面目所印出来的那个影像轮廓之外，能够更深一步地向里边去探求，探触到他生命感情的深处，有一份最深切的情意，而这一份情意是不被时代所局限的，是千古人心之所同然的。这是最伟大的诗人。如果以此来作为衡量尺寸的话，我以为，在魏晋时代的这些诗人里边，阮嗣宗是最好的一个诗人。

当然，曹魏的时候，还有一个很出名的诗人就是曹子建。我想大家都知道这个诗人，说是"陈王有八斗之才"。像曹子建的《赠白马王彪》就是很好的诗，真是把当时曹子建的那一份生活遭遇如此生动、真切地反映出来了。曹子建所遭遇到的是兄弟曹彰被杀死了。他还有一个兄弟是白马王曹彪，当时曹丕让有司干涉他们，不让他们兄弟同行归蕃。在这种生离死别的悲哀之中所写的诗当然是很动人的。然而，曹子建所写的《赠白马王彪》只是属于他自己的一份遭遇，是他自己所遭遇的那一份曲线轮廓生动、真切的反映，而不是我们所有人类生命心灵深处共同的一份感情。

我这样说，可能说得还不够清楚，我要再举一个例证，就是《人间词话》。王国维的《人间词话》曾经批评了两个人的词，一个就是宋徽宗（赵佶）。宋徽宗有一首词，叫作《燕山亭》。《燕山亭》是词牌子，这首词的题目是《北行见杏花》。它是宋徽宗在被俘虏到北方去的旅途之中看到杏花开了所写的一首词：

> 裁剪冰绡，轻叠数重，淡著燕脂匀注。新样靓妆，艳溢香融，羞杀蕊珠宫女。易得凋零，更多少无情风雨。愁苦。闲院落凄凉，几番春暮。　　凭寄离恨重重，这双燕，何曾会人言语。天遥地远，万水千山，知他故宫何处。怎不思量，除梦里有时曾去。无据。和梦也新来不做。

王国维的《人间词话》说宋徽宗的这首词不过是"自道身世之戚"，不过是仅止于自己说出他一己身世遭遇的这种感慨、悲哀而已。王国维又说到另外一个词人，他说李后主"俨有释迦、基督担荷人类罪恶之意"。差别在哪里？道君皇帝宋徽宗所写的只是自己个人的遭遇，而李后主所写的悲慨是触及所有的人类生命内心深处的一份感情。阮嗣宗的诗也是如此，他除了反映时代、他一己的遭遇之外，他还写出了所有人类生命心灵深处的一份共同的感情。像这一份感情，说是"愿睹卒欢好"，我"不见悲别离"。这是多么深切的一份祝愿，它是人心之所共同的一份祝愿。

灼灼西隤日

> 灼灼西隤日，余光照我衣。
>
> 回风吹四壁，寒鸟相因依。
>
> 周周尚衔羽，蛩蛩亦念饥。
>
> 如何当路子，磬折忘所归？
>
> 岂为夸誉名，憔悴使心悲？
>
> 宁与燕雀翔，不随黄鹄飞。
>
> 黄鹄游四海，中路将安归？

"磬折忘所归"的"忘"字本来有两种读音，可以读平声，念"wáng"；也可以读仄声，念"wàng"。如果是在近体诗中，像律诗、绝句的一句诗的最后一个字，那么，就要看押的是什么韵，因为近体诗有很严格的平仄格律限制。押平声韵就念"wáng"，押仄声韵就念"wàng"。现在这个"忘"字是在咏怀诗中，是古诗的体裁，而且也不是押韵的韵字，所以，念平声、仄声都可以。在口语中，我们常读作"wàng"。但在诗中，常常读诗的人有一种很自然的感受，觉得把这个字读平声更好一点。

阮嗣宗的咏怀诗真是"言在耳目之内，情寄八荒之表"，实在是写得极好。这一首诗也是感慨极深的。

"灼灼西隤日，余光照我衣。""灼灼"两个字本来是说火烧得很灼热的样子。当火烧得很旺的时候，就会发出火光，发出明亮的光彩。所以，"灼灼"有的时候也当作光华外射的样子讲。由此引申为红颜色，用于形容花的颜色很鲜艳，我们常说"火红的花"，就是由红颜色联想到火，是这样鲜明，这样鲜艳。因此，描写花的时候也常用"灼灼"两个字。比如说《诗经》的《桃夭》篇中说："桃之夭夭，灼灼其华。"这里的"灼灼"两个字就是形容桃花的颜色之鲜美。那么，阮嗣宗所说的"灼灼西隤日"的"灼灼"应该是什么意思呢？我认为，"灼灼"是写那个西斜的落日的光色。杜甫有《羌村三首》诗，其中第一首的第一句是"峥嵘赤云西"，就是写落日西斜的时候，西天上那一片晚霞的样子。杜甫说那是"赤云"，是当落日西斜的时候，那西天上一片彩霞的红色的光耀。所以，"灼灼"是写那西斜的落日的光辉光芒四射，写得非常好。有的时候，当日正中天的时候，我们反而觉得它的形状比较小，颜色比较淡。可是，当落日西斜的时候，它的形状显得更大了，颜色也更红了，给我们那种光彩鲜明的感觉更强了、更深了。然而，可惜的是"夕阳无限好，只是近黄昏"（《乐游原》）。它现在毕竟是"西隤"了。"隤"同颓，这里是下坠的样子，向下降落的样子。尽管是"夕阳无限好"，尽管是这样血红的颜色，但是，无可奈何，它毕竟是落日西斜了。阮嗣宗要写"西隤"的落日，要写将要向西方沉没的一轮落日，但他不写落日光彩的暗淡，反而写落日光彩的鲜明，所以说，阮嗣宗写得是极好的，那一份让我们怀恋的、如此深切的感触。"余光照我衣"，它虽然是逐渐地西斜沉没了，但是，它毕竟还有一些残余的光芒照在我的衣襟上。"灼灼西隤日"写了诗人对于那西斜的落日的光芒之留恋、赏爱，而"余光照我衣"又写出了那西斜的落日好像对诗人也未免有情的样子。所以，诗人把

"西隤日"用"灼灼"来形容，"余光"还"照我衣"，"我衣"两个字用得何其亲切。李白曾经写过一首诗，说："浮云游子意，落日故人情。"（《送友人》）那"落日"真是"故人情"。阮嗣宗说"余光照我衣"，真是写得如此之令人怀念的样子。

关于这两句诗，除了我们只是从字面上这样解说，说阮嗣宗实在是把西斜的落日光景写得很好，写出了诗人对落日的怀念，写出了落日使诗人感到是如此之多情。另外，这两句诗很可能还有一些更深的意思、含义在其中。《昭明文选》五臣注解中，张铣就这样说：

> 颓日，喻魏也，尚有余德及人。回风喻晋武，四壁喻大臣，寒鸟喻小臣也。

张铣认为，这西斜的沉没的落日实在就是比喻那已经走向危亡之途的曹魏，"尚有余德及人"，还说它"余光照我衣"，而且还用"灼灼"来形容它，曹魏虽然是已经显露了一种危亡的征象，可是，它仍然有着一些残余下来的使人怀恋的恩德。当然，一般说起来，一个做臣子的，尤其在古代这种封建君主的社会思想中，怎么能够不怀恋他旧日的朝代和君主呢？虽然现在曹魏并没有灭亡，但是，它毕竟已经呈现了一种如同西斜的落日的危亡、倾覆的征兆了，这真是使人感慨、使人怀恋。那么，随着落日的西斜，日光的温暖也就逐渐消失了，于是乎寒风四起了。

"回风吹四壁，寒鸟相因依。""回风"是旋风，回旋的风。那种盘旋急遽的风，有时卷地而起，打着旋儿吹得非常强劲。他说，于是乎，"回风吹四壁"，有这种寒冷的、回旋的风急遽而吹起，它吹动了四方的墙壁。为什么说"吹四壁"呢？"四壁"就是四方的意思，在回风的吹扫之下，没有一个地方不在那回风所扫卷过去的寒冷之中，所以说，"回风吹四壁"。那么，落日已经西斜，寒风已经吹起，在这样的情景之中，那些有生之物是怎么样的感觉呢？他说："寒鸟相因依。"所谓"寒鸟相因依"，"寒鸟"是说在凛冽的寒风之中瑟缩地苟且求生的禽鸟；"相因依"就是相依的意思，互相亲就、互相依靠的样子。这些个在回旋的寒风之中苟且求生的群鸟，它们就在那里互相找一个依傍之所，相互依赖、相互依托，要寻找到一个依赖的对象。所以说，"回风吹四壁"，就"寒鸟相因依"。

开头的这四句诗，如果是当作写景来看，他写的"西陆日""余光""回风""寒鸟"，都写得非常真切。以写景而论，也是写得很好的。可是，我曾经说过，阮嗣宗的诗往往在其中有更深的含义，是"言在耳目之内，情寄八荒之表"。我刚才已经说过，"西陆日"在《文选》五臣的注解中是指曹魏，那么，"回风吹四壁，寒鸟相因依"这两句诗指的是什么呢？张铣说："回风喻晋武，四壁喻大臣，寒鸟喻小臣也。"他说，"回风"指的就是晋武帝，"四壁"比喻的是这些大臣，"寒鸟"比喻的是这些小臣。我认为，张铣也未免解释得太拘执了一点。就是说，在当时，当晋武帝如此之当权执政的时候，他那种强大的势力足可以左右、足可以逼迫朝廷上的众臣。如果我们一定要说"回风"是指晋武帝，"四壁"是指大臣，好像未免太拘狭了。它只是表现了在那种时代之中、那种冷风之中无可逃避的一份感觉。张铣说，"寒鸟"比喻的是小臣。那些卑微的小臣就在这种寒冷、凛冽的威逼之中，互相找一个依托之所。那么，怎么样寻找依托之所呢？

"周周尚衔羽，蛩蛩亦念饥。如何当路子，磬折忘所归？"他说，这些禽鸟各有它们的依赖，各有它们的谋生之所。比如说，"周周"尚且知道"衔羽"。"周周"是什么呢？"周周"是一种鸟名，见于《韩非子》的《说林》：

> 鸟有周周者，首重而屈尾，将欲饮于河则必颠，乃衔羽而饮。今人之所有饥不足者，不可以不索其羽矣。（《文选·咏怀诗十七首》李善注引）

这种鸟"首重而屈尾"，它的头分量很重，而它的尾巴是弯曲的。"将欲饮于河则必颠"，它如果想要到河边去喝水，需要低下头去才能喝到水，因为它的头分量很重，一低下头去喝水就会跌到河里去。"颠"就是颠覆、跌倒的意思。那么，它怎样才能喝到水而又不至于跌倒呢？"乃衔其羽而饮。"因为它的尾巴是弯曲的，所以，当它喝水的时候，为了避免跌到河里去，就用嘴巴叼着它自己的尾巴的羽毛，然后再低下头去喝水。这样就可以维持它身体的平衡，就不会跌到河水里边去了。"今人之所有饥不足者，不可以不索其羽矣。"韩非子的意思是说，现在如果有些人自己感到饥饿不足，所谓饥饿不足不只是指饮食，还包括感情、欲望上的饥饿，当你去追求饮食、感情、欲望的时候，你不可以不叼住自己的"尾巴的羽毛"。这是什么意思？就是你不要只顾去追求满足你的感情、欲望，而就不顾及颠仆的危险，你至少应该保持住自己的平衡，不至于跌倒在河中被淹死才对，你哪里能只顾"喝水"，而把自己的身体都淹没了，结果生命都死亡了，还怎么能够饮水呢？所以说，韩非子的意思是说，人在追求之中，不可以不注意到保全、维持自己的生命，不要以身体的牺牲作为你追求欲望之代价。"蛩蛩亦念饥"，"蛩蛩"见于《尔雅·释地》：

> 西方有比肩兽焉，与邛邛岠虚比，为邛邛岠虚啮甘草。即有难，邛邛岠虚负而走。其名谓之蹶。

又《山海经·海外北经》云："有素兽焉，状如马，名曰蛩蛩。"郭璞注："（蛩蛩）即蛩蛩钜虚也，一走百里。""邛邛"即"蛩蛩"，《尔雅》上写的"邛邛"二字，就是相通于阮嗣宗所写的"蛩蛩"二字。古人凡是字音、形状相近似的字都可以通用。"西方有比肩兽焉"，西方有两种兽，这两种兽常常是相并在一起的。一种兽叫"比肩兽"，为什么叫比肩兽呢？因为它不独自行走，要"与邛邛岠虚比"，它一定要跟邛邛岠虚这种兽比肩在一起。"比肩"的"比"字，我们一般通俗的念法都把它念成"bǐ"。其实，这个字有许多念法：可以念平声，可以念上声，还可以念去声。念上声的时候，是比较、相比较的意思。念去声呢？是相亲近、相接近的意思。这个字在这里意思是说它们两个肩并肩的很亲近的样子，实在是应该念去声，"bì"，是比肩兽。说比肩兽与邛邛岠虚相并在一起，"为邛邛岠虚啮甘草"。比肩兽专门替邛邛岠虚咬甘草，二者互相合作。"即有难，邛邛岠虚负而走"，"即"是说假如，假如有了危难的时候，这个邛邛岠虚就可以把比肩兽背在背上而逃走。比肩兽还有一个别名，叫"蹷"。邛邛岠虚为什么叫比肩兽咬甘草给它吃呢？因为它"前高不得食而善走"（《经典释文·尔雅音义》），"一走百里"。它前面的两条腿太长了，太高了，不能低头找到食物，所以要比肩兽咬下甘草给它吃。可是，它因为腿很长，跑起来跑得很快。"一走百里"，"走"就是跑的意思，它一跑就能跑一百里的路程。阮嗣宗说："蛩蛩亦念饥。"意思是说，蛩蛩这种动物也顾及自己的饥饿，它要与另外的一种动物比肩兽互相合作。那么，"周周尚衔羽，蛩蛩亦念饥"这两句诗，如果从表面上看起来，是说在危险、困难的时候，我们要找到一点点依托，帮助我们才对。像"周周"在危险之中，它不忘记衔住自己尾巴上的羽毛，免得跌倒，有这样的顾忌、顾虑；像"蛩蛩"这种兽要和比肩兽合作才能维持生命，才能找到食物吃。可见，所有的生物在危险、困难之中，它们都要顾及自己的生命，而留下一个退身之地。南北朝的诗人沈约解释阮嗣宗的这首诗时这样说：

> 天寒，即飞鸟走兽尚知相依，周周衔羽以免颠仆，蛩蛩负蹷以美草。而当路者知进趋，不念慕归，所安为者惟夸誉名，故致憔悴而心悲也。（《文选·咏怀诗十七首》李善注引）

沈约说阮嗣宗这几句诗是有很深的寓意的，是什么寓意呢？他说，在寒冷的时候，在危险、艰难、痛苦的环境之中的时候，即使不是万物之灵的人类，而是一只飞鸟、走兽，也还知道要仔细地顾及如何保全自己呢，所以，一个人处在危亡、变乱的朝代更迭的时候，如何保全自己的生命，如何保全自己品格的清白，这是人生一个非常重要的考验，也是一个非常重要的课题。沈约说，天寒的时候，飞鸟、走兽尚且知道互相因依，周周这种鸟就"衔羽以免颠仆"，衔住自己尾巴的羽毛以免跌倒，"蛩蛩负蟨以美草"，蛩蛩就要肩负着蟨来求得它饮食所需的甘美的野草。可见，每个人都要有所顾及，每个人都要为自己留下一个退身保全的余地。所以，接下去阮嗣宗就说了，"如何当路子"，就"磬折忘所归"了。阮嗣宗写出了当时那些个在政坛上的人物顾前不顾后，只知道追求利禄的情形。

"如何当路子，磬折忘所归？"那么，身为一个万物之灵的人，他比那周周、比那蛩蛩真是要聪明多了。周周、蛩蛩虽然在那饥渴、饥饿的逼迫之下，也没有忘记对自己的生命的一份顾念和保全，寻找一个托身立足的办法。作为万物之灵的人类，为什么当你们追求利禄的欲望兴起在心中的时候，就把一切的危险、一切的事情都忘记了呢？为什么不顾及个人的品节、道德，也不顾念以后的安危、祸福，而只是贪求满足眼前的一点点利禄？为什么你们万物之灵的人类竟然愚蠢到还比不上一只周周鸟、一只蛩蛩兽呢？

阮嗣宗这两句诗真是写得非常感慨！

"如何当路子"，为什么竟然会有这样的人呢？是谁作为万物之灵的人还比不上一只周周鸟、一只蛩蛩兽？阮嗣宗说，是"当路子"。什么是"当路子"？所谓"当路子"是说正当要路的、处于重要地位的、掌握政权的人，即当路之人。像《孟子》的《公孙丑》这一篇上，公孙丑问孟子说："夫子当路于齐。""夫子"就是指孟老夫子。假如夫子你，能够在齐国处于一个重要的政治地位，能够掌握政权，老师您觉得怎么样呢？还有《后汉书·张皓传附张纲传》上说："豺狼当路，安问狐狸？"这个"当路"是说正当路口。说豺狼正在那大路的路口，挡住了这条路。虽然表面上"当路"两个字是说在路口挡住了去路，是豺狼当路的意思，可是，我们引申就当作处于重要的地位之意。《古诗十九首》上说："何不策高足，先据要路津。"什么是"要路津"？就是好像正当一个重要的路口一样，是指在政治上的一个重要地位，执政掌权的一个要位。阮嗣宗说"如何当路子"，为什么你们这些追求利禄的在官场之上居于要职、掌握政权的人就"磬折忘所归"了？什么叫"磬折"呢？"磬"本来是古代的一种乐器。这个乐器的形状是曲折的。比如说，我们有一种尺，那种两条边互相垂直地呈九十度的角尺，是用来测量直角的尺。这种叫作"磬"的乐器的弯曲角度，比九十度稍微大一点，也是弯曲的形状。那么，"磬折"是什么形状呢？当我们的身体鞠躬的时候，把头、背向前方低下来，表示一种卑微的姿势、表示一种礼节的时候，就叫"磬折"。所以说"磬折"就是垂首弯腰的姿势。阮嗣宗所说的"当路子"的"磬折"是什么意思呢？是说这些人真是为了追求名利禄位，向人家做出种种卑躬屈节、谄媚的姿态。注《昭明文选》的五臣之一的李周翰就这样说：

当路子，喻大臣也。皆磬折曲从，以媚晋氏，而忘致君之道。

李周翰认为，"当路子"比喻的是当时朝廷上的大臣。这些大臣"皆磬折曲从，以媚晋氏"。这些当路执政的大臣，他们都这样卑躬屈节地谄媚、苟且曲意地顺从后来晋朝的司马氏父子、兄弟，向司马氏讨好。虽然在当时，曹魏还没有被篡，但曹髦老早就说过："司马昭之心，路人所知也。"现在我们所引证的是李周翰的注解，李周翰是后代的人，他把司马氏父子、兄弟称作"晋氏"，是因为司马氏父子、兄弟后来篡位得了天下，国号就是"晋"，就是晋朝。所以，李周翰说"以媚晋氏"，指的就是司马氏。李周翰又说这些大臣"而忘致君之道"，而对于自己的国家君主的那一份忠义的道理，完全都忘记了。所以说，"磬折"两个字是表现这种卑微、苟且、谄媚地追求利禄的一种丑态。阮嗣宗说"如何当路子"你们就"磬折忘所归"？为什么你们这些在朝执政的人，只知道追求一己的名利、禄位的享受，就这样磬折、卑微地做事情，而就忘记了真正做人的那个根本的所在呢？《论语》上说："孝弟也者，其为仁之本与！"你就忘了你做人的归依和根本了吗？

关于阮嗣宗的这两句诗还有另外的解释。近代学者黄节的《阮步兵咏怀诗注》中注解这两句诗说：

曹植《箜篌引》曰："谦谦君子德，磬折欲何求？"《左传》："虽有丝麻，无弃菅蒯；虽有姬姜，无弃蕉萃。"诗盖言易姓之际，当仕路者虽磬折忘归，而终不免于被弃之悲耳！

黄节先生引用曹植的《箜篌引》中的诗句："谦谦君子德，磬折欲何求？"说谦谦是君子之美德，这种磬折的卑微、谄媚的姿态是想要求什么呢？确实是以它为谦谦的君子之德吗？还是以这种磬折的姿态而有什么利禄上的贪求呢？黄节先生又引《左传》中的话说："虽有丝麻，无弃菅蒯；虽有姬姜，无弃蕉萃。"这是什么意思呢？他说："诗盖言易姓之际，当仕路者虽磬折忘归，而终不免于被弃之悲耳！""易姓"就是朝代更换的意思。古代的朝代总是家天下，天下只传给他一家的人。所以，一个朝代就是一姓。比如说，唐朝是李姓，宋朝是赵姓。"易姓"就是指朝代的改变。黄节先生说，阮嗣宗这首诗是说在朝代更迭改变的时候，那些个当仕路的人磬折忘归。他们虽然是磬折、卑微地忘记了自己做人的本分，然而结果怎么样呢？"终不免于被弃之悲耳！"结果他们终于不免于被那个新朝的人给抛弃了，落得的下场往往是非常不幸的，就像"李公悲东门，苏子狭三河"，追求利禄的下场是招来杀身之祸。当时，辅佐司马氏篡逆的那些人并没有能够得到美好的下场，像成济、钟会这些人，岂不是被司马氏杀死了吗？

如果按照这样所讲的来理解，"忘所归"三个字就有两重意思：一是说这些人忘记了做人的根本，像李周翰所说的所谓"致君之道"；二是说这些人忘记了他们自己的最后的下场——就是说你的归宿是什么，你没有想到自己的归宿会落到非常不幸的下场吗？你没有想到你现在虽然是谄媚、苟且地事奉新朝，而将来有一天新朝要弃绝你吗？像成济、钟会这些人后来都落到不幸的下场，还不是都被杀死了吗？

"岂为夸誉名，憔悴使心悲？""夸誉名"的"夸"是浮夸、夸大的意思。"誉"就是名誉的意思。《昭明文选》五臣的本子解释说"誉"字作"与"，是"岂为夸与名"，也可以讲得通的。那么"夸誉名"是什么意思呢？《吕氏春秋》中这样说：

> 古之人有不肯贵富者矣，由重生故也。非夸以名也，为其实也。

说古代的那些人，有的不肯追求富贵。为什么不肯追求富贵？"由重生故也"，因为他看重自己生命的缘故。他看到富贵利禄场是如同虎口一样危险，所以他不肯求富贵，为的是保全自己的生命。"非夸以名也，为其实"，不是要夸自己的一个虚名，不是为了一个清高的虚名，而是为了保全自己生命的真正现实的利害。"憔悴使心悲"，你应该离开富贵，弃绝富贵。为什么要弃绝富贵？"岂为夸誉名"，哪里是为的一个清高的名誉而已呢？是为了什么呢？为的是"憔悴使心悲"。为了"磬折忘所归"，落到憔悴不幸的下场才是使你内心悲哀的。所以说，这两句诗与上面两句诗是整个相反地转折过去的。也就是说，"如何当路子，磬折忘所归"是一种人，"岂为夸誉名，憔悴使心悲"又是一种人。这两种人是完全相反的。我之不肯苟且地学那些当路子磬折忘归，哪里是为了一个夸大美好的声名，而只是为的这一份憔悴使我悲哀。"憔悴"在阮嗣宗的这句诗中有两重意思：一重意思是说现在的时代，"回风吹四壁"，真是憔悴使我悲哀；另一重意思是"磬折忘所归"的下场，那种憔悴不幸的下场，真是使我悲哀。

"宁与燕雀翔，不随黄鹄飞。"这两句诗是承接"岂为夸誉名"这种人来说的，和"磬折忘所归"的那种人是相反的。这首诗中作者多次运用转折的方法，而且这种转折都是很微妙的，就是采用突然性的转折，猛然地扭转，而在诗的意思上却浑然一体，不露痕迹。古人有一些很好的诗，它们的转折往往都是这样：不是有层次地，一句一句地，一步一步地，慢慢地转下来，而真是神来之笔——一片精神的运行，是诗人感情精神的活动。当诗人的感情感受到这里，精神运行到这里，就自然转到了这里，自然就转过来了。像陶渊明的一些很好的诗，往往就有类似这样的笔墨。如《咏贫士》诗：

> 万族各有托，孤云独无依。
> 暧暧空中灭，何时见余晖。
> 朝霞开宿雾，众鸟相与飞。
> 迟迟出林翮，未夕复来归。
> 量力守故辙，岂不寒与饥？
> 知音苟不存，已矣何所悲。

陶渊明开头四句本来说的是云，忽然间下面又说起鸟来了，由云一转就转到鸟。他说，有一只鸟，它出林比大家都晚，而飞回来比大家都早。然后，又由这只鸟再转到人。他由天上的云转到林间的鸟，又转到世间的人。这种转折真是非常自然。因为这种转折完全是一种个人的精神感情的转折，而不是斤斤计较在字句之上的，一步一步地有层次、有痕迹地转折下来的。不像白居易写的《长恨歌》，从"汉皇重色思倾国，御宇多年求不得"写起，然后一直写到"杨家有女初长成，养在深闺人未识"，又写她被召入宫，"回眸一笑百媚生，六宫粉黛无颜色"，写到"渔阳鼙鼓动地来，惊破霓裳羽衣曲"。不是这样明显地把转折的痕迹一步一步有层次、脉络、线索地写下来，而完全是精神感情的运行。所以，你从表面上看起来，觉得很难懂，很难理解。但很多好诗都是如此的，而且，这一类好诗我以为都不是为人而作，而是为己之作。什么叫为人之作呢？像白居易所说的，我的诗要"老妪都解"，我要念给老太婆听，她都可以听懂。白居易说："文章合为时而著，歌诗合为事而作。"（《与元九书》）我的文章、诗歌都是有实用价值的，本来就是要为那个时代、为那个事情而写作的。可是，阮嗣宗的这些咏怀诗，为什么他写得这样委婉、曲折？为什么含义这样幽深，而不明白地说出来呢？为什么"言在耳目之内，情寄八荒之表"呢？我在讲阮嗣宗的生平时已经讲了，历史上记载，阮嗣宗这个人"口不臧否人物"，可见，他是何等含蓄，何等韬光养晦。阮嗣宗是并不希望别人看懂的。如果别人看懂了，对他反而不利了。如果让当时的司马氏等人看出来他诗中有这样深切地讥讽司马氏的言辞，阮嗣宗早已性命不保了。而陶渊明那一种隐居的深意也不是求人了解、求人知道的。所以说，这些诗作，像陶渊明的一些诗，像阮嗣宗的这些咏怀诗真是为己之作。什么叫为己之作呢？是因为他自己内心有这样一种感情不得不发泄，而就形之于笔墨了。不是为了写出来给人家看，求别人了解，不是的；也不是以这样的诗歌来自我标榜，求得别人的赞美，不是的。这本来不是为人之作，而是为己之作。所以，有些人看不懂，那是当然的了，你如果不设身处地地站在阮嗣宗写作时候的那一份环境、感情去体会，怎么能知道他的诗里边的一份深意呢？他本来就不是写给你看的。

因此说，阮嗣宗这首诗的转折就很微妙，从"灼灼西陨日，余光照我衣。回风吹四壁，寒鸟相因依。周周尚衔羽，蛩蛩亦念饥"，一下子就跳到"如何当路子，磬折忘所归"，然后又转回来，说我之不肯磬折忘归，不是为了夸誉名，"岂为夸誉名"，只是为了"憔悴使心悲"，为那时代的憔悴，为"磬折忘所归"的下场，感到悲哀。因此说："宁与燕雀翔，不随黄鹄飞。""黄鹄"是一种很大的鸟。《楚辞》的《卜居》篇上说："宁与黄鹄比翼乎？"意思是你宁愿与黄鹄鸟比翼齐飞吗？洪兴祖的《楚辞补注》中引用颜师古的注解说："黄鹄，大鸟，一举千里。"阮嗣宗这两句诗的意思是说，我宁可与燕雀在一起飞翔，因为燕雀是很平凡的鸟，而我也不要随那黄鹄一同高飞。南北朝时期的沈约解释这两句诗说：

　　若斯人者，不念己之短翮，不随燕雀为侣，而欲与黄鹄比游。黄鹄一举冲天，翱翔四海，短翮追而不逮，将安归乎？为其计者，宜与燕雀相随，不宜与黄鹄齐举。（《文选·咏怀诗十七首》李善注引》）

沈约的意思是说，一个人真是应该安贫守拙。陶渊明的《归园田居》这样写道：

> 少无适俗韵，性本爱丘山。
> 误落尘网中，一去三十年。
> 羁鸟恋旧林，池鱼思故渊。
> 开荒南野际，守拙归园田。
> ……

陶渊明的意思是说，我本来不是属于那些急功近利的、在利禄场中竞争的人物，我愿意守住我一份笨拙的本分，应该守拙。如果你不肯守拙的话，你本来没有像黄鹄那样高飞远举的大翅膀，而要学黄鹄飞翔，不肯安于自己这种短小的翅膀，你将来一定会迷失方向或者坠落的。所以说，一个人应该守拙安分，而不应该妄自追求富贵显达。

我们接着讲沈约对这两句诗的解释：沈约的说法是一直从"当路子"这里说下来的。沈约认为，"当路子"这样磐折、卑微，向人逢迎、苟且，而就忘记了他终生的归宿、下场。这样的"当路子"，他岂不是只为了夸耀自己的这种虚浮的功名禄位吗？结果落到憔悴而使人心悲吗？沈约说"若斯人者"，像这样的人，"不念己之短翮"，没有想到自己的翅膀很短，不能够飞得很远，就是说自己的能力不够，不能够在富贵利禄上求得成功，却不甘心过这种卑微的生活，"不随燕雀为侣，而欲与黄鹄比游"，而想要跟黄鹄一样地高飞远走。那么结果是"黄鹄一举冲天，翱翔四海"了，而翅膀短的人追而不及，将来他何所归依呢？沈约的意思是说，这些"当路子"应该甘心过贫贱、卑微的生活，而不应该去追求那些名利禄位。追求名利禄位的结果也许让你反而迷失，找不到归宿了。如果我们按照沈约的这种解释，就可以理解为，一般人宁可安于贫贱、卑微，好像是一只鸟与燕雀在一起卑微、平凡地飞翔，而不要羡慕那些显达名利的禄位，不要追随黄鹄。如果你追随黄鹄，追随名利禄位，想要像黄鹄一样高飞，过显赫的生活，结果只能是中路迷失，到那时，你将何所归呢？

　　可是，在我们中国传统的诗文观念中，我们往往都不把这个黄鹄当作富贵利禄的象征，而把黄鹄当作那种高飞远举的志意。这是一般传统的观念。如果按照沈约的说法，把黄鹄比作追求名利禄位，那么，这样的看法是与我们一般传统的对于黄鹄鸟的观念不大相合的。因此，我以为，是不是可以把这几句诗解释成另外一个意思：就是说，阮嗣宗的这几句诗真是一片神行，像刚才我所讲到的，陶渊明从孤云写到飞鸟，又从飞鸟写到贫士，他那种精神的跳跃，不是从外表的形迹、字句可以找到线索的。那么，我这样说的意思是什么？我的意思是说，这首诗后面的四句，阮嗣宗是有另外的意思。他前面说的是"当路子"："如何当路子，磬折忘所归？岂为夸誉名，憔悴使心悲？"说为什么那些当路执政的人，他们只顾这样磬折、卑微地逢迎、苟且地做这样的事情，而就忘记了自己的归宿、下场。我之不肯学当路子，哪里是为了一个清高的名声，只是因为那些当路子的下场之憔悴使我心悲。那么，我要过什么样的生活呢？"宁与燕雀翔"，我宁可做一个最平凡的人，只要能够保全过这种安定的生活，我宁愿与燕雀一同飞翔。"不随黄鹄飞"，我不敢存什么高飞远举的志愿。对"黄鹄飞"，在这里不一定像沈约所说的非要当作"当路子"来讲，而把"黄鹄"解释成另一种人——真是高飞远举，有远大志向，想要做一番不平凡的事业的人。阮嗣宗说，在这样的时代，我怎么敢存有这样的志愿和理想呢？我不肯做"当路子"磬折忘归，我也不敢学黄鹄的高飞远举，我敢存什么样的伟大志意怀抱？我不敢存这样伟大的志意怀抱。我只是甘心做一个最平凡的人，过安定的生活就满足了。我以为，这样讲，黄鹄还是代表一种高飞远举的伟大志意。

"黄鹄游四海，中路将安归？"如果我们要想像黄鹄一样有这种高飞远举的志向，要想完成这样伟大的事业，是需要有一个安宁的社会客观条件的。然而，这个危乱、动荡的时代是不允许我们实现这种怀抱的，那么，我们中途迷失了、失败了，我们将要何所归往呢？

所以，我以为，在传统观念上，都是把黄鹄当成好的解释，不是当作坏的意思。如果像沈约所说的，把它指作那些追求富贵利禄而忘所归的人，这不合乎中国传统的观念。我认为，阮嗣宗在这首诗中表达了两个意思：一个意思是说我不肯学"当路子"之磬折忘归；另一个意思是说我也不敢学黄鹄的高飞远举。那我要做什么呢？我只要做一个燕雀一样的平凡的人就是了。我以为，这样讲、这样理解才应该是阮嗣宗所要表达的意思。当然，这已经是前人已往了，真是心事幽微了。我们不可能把阮嗣宗起九原而问之，这只是我们后代读者的一份联想、一份推测而已。

独坐空堂上

独坐空堂上，谁可与欢者？

出门临永路，不见行车马。

登高望九州，悠悠分旷野。

孤鸟西北飞，离兽东南下。

日暮思亲友，晤言用自写。

　　在讲解阮嗣宗的这首咏怀诗之前，我先要说明一下这首诗的押韵问题。

　　在古诗中，有一些韵字古人读的时候是押韵的，而我们现在读起来就不押韵了，为什么呢？因为古今的读音不完全相同了，有些字的语音发生了变化。现在，平时我们讲话，只要用现代汉语的语音来说就可以了，不必考虑古人的读音是什么。可是，现在我们所读的是古人写的诗，情况就不然了。诗是一种美文，它的读音和诗所要表达的内容、情感之间有很重要的关系。我们虽然不是古人，不能够读出和古人完全一样的声音，但是，我还是希望我们能够读出一种与古人读诗相近似的语音来，这样，我们可以从中体会古诗中所表达的情调。阮嗣宗的这首咏怀诗应该押的是上声的"马"韵。所以，这首诗的韵脚的字都是上声的字，都是"ǎ"，就是以

"马"韵的"ǎ"上声收韵。"谁可与欢者"的"者"字,我们平时念"zhě",如果读"zhě"的话,就与后面的"不见行车马"的"马"字不押韵了。古人读"者"字,不发"zhě"的音,而读与"马"相近的音,念成"zhǎ"。当然,我现在读的古音只是与古人的读音相近似,只是说大概,是原则如此。我们现在读这首诗,"与欢者"的"者"字,"行车马"的"马"字,"分旷野"的"野"字,"用自写"的"写"字,它们念起来并不谐和,像不押韵一样。可是,古人读"者""马""野""写"这些字是押韵的。按照古音的读音原则、原理推起来的话,"者"字应该念"zhǎ","马"字应该念"mǎ","野"字应该念"yǎ","写"字应该念"xiǎ"。我顺便说明:这些不同的声音会给人一种不同的感受。这个"马"字的声音,显得非常苍凉,非常高亢、激昂,是一种感慨、苍凉的声调。陈子昂的《登幽州台歌》,写那一份古今苍茫、天地辽阔的悲慨,用的也是上声的"马"韵。陈子昂说:

> 前不见古人,后不见来者。
> 念天地之悠悠,独怆然而涕下。

真是今古苍茫那一份潦落的悲慨。

阮嗣宗说:"独坐空堂上,谁可与欢者?"我真是如此孤独、寂寞地坐在一座空堂之上,谁是可以跟我一同谈论、欢笑的人呢?这一首诗是阮嗣宗写那一份寂寞的感觉写得最好的一首。吴淇批评这首诗曾经说过这样的话:

> 吾非斯人之徒与而谁与，乃独坐空堂上，无人焉；出门临永路，无人焉；登高望九州，无人焉。所见惟鸟飞兽下耳。其写无人处可谓尽情。（《阮步兵咏怀诗注》引）

阮嗣宗这首诗写那种无人的感觉，真的没有人吗？没有一个可以谈论的人，没有一个可以挽回这个时代的人。真是这样苍凉、辽阔、寂寞、悲哀。到处都没有人："堂上"没有人，"出门临永路"路上没有人，"登高望九州"也没有人，什么都没有，到处都没有一个人的影子。这是何等的时代！所以说，这首诗是阮嗣宗写得极深切的一首诗。他说，我"独坐空堂上"，真是"谁可与欢者"？谁是跟我一同谈论、欢笑的人呢？没有这样一个人。那空堂之上是一座空堂，没有一个人跟我一同欢乐，于是，我就离开了我所坐的空堂。

"出门临永路，不见行车马。"我就走出门去，面对着那长长的大路。"永"者是长的意思，如此遥长的道路。道路不是行人、车马往来经过的地方吗？可是，他说，当我"出门临永路"的时候，"不见行车马"。我居然看不见路上有车马往来，不见一辆车马往来。这种孤独、寂寞的感觉真是写得何等深切。阮嗣宗说"独坐空堂上"，是表示没有人；"谁可与欢者"，也是没有人；"出门临永路，不见行车马"，还是没有人。于是，我就登上高山。

"登高望九州，悠悠分旷野。"我登上高山，瞻望那九州。"九州"是指整个的天下。中国古代分天下为九州。在夏朝的时候，称兖州、冀州、青州、徐州、豫州、荆州、扬州、雍州、梁州为"九州"。商朝的时候，称冀州、豫州、徐州、雍州、荆州、扬州、幽州、兖州、营州为"九州"。周朝的时候，称扬州、豫州、荆州、青州、兖州、雍州、幽州、冀州、并州为"九州"。总而言之，我们中国人观念之中所说的"九州"，就是整个天下的意思。阮嗣宗由空堂写到永路，又由永路写到登上高山望九州，瞻望整个天下，一步一步地推下去，说空堂之上没有人，永路之上没有人，于是，我登上高山看一看那九州整个天下之中究竟还有没有人呢？看见什么？"悠悠分旷野"。我看见的真是辽远、苍茫的一片荒凉的旷野。有人吗？还是没有人。所见的只有悠悠的旷野，真是寂寞、悲凉。这是何等的时代！真的是没有人吗？韩退之有一篇文章说：

> 伯乐一过冀北之野，而马群遂空。夫冀北马多于天下，伯乐虽善知马，安能空其群邪？解之者曰：吾所谓空，非无马也；无良马也。（《送温处士赴河阳军序》）

难道是真的没有马吗？只是我找不出一匹良马、骐骥来就是了，都是这样平凡的，都是这样鄙俗的，真是没有一个能够在这个时代之中有所作为的人物。那么，阮嗣宗"登高望九州，悠悠分旷野"，看见什么？

"孤鸟西北飞，离兽东南下。"我只看见那些"孤鸟"，孤独的鸟远远地飞走了，向西北方飞走了，我看到那失群的野兽向东南方跑下去了。这里，如果是按照我们刚才所引用的吴淇的批评，说是"望九州，无人焉。所见惟鸟飞兽下耳"，那么，这两句诗就是极写那一份荒凉、寂寞的感觉，无人的感觉。只有什么？只有鸟兽而已，只有孤鸟、离兽而已，甚至连鸟兽都是这样孤独、寂寞。关于这两句诗，还有另外一种解释，就是陈沆的《诗比兴笺》中的说法。陈沆这样说：

> 悼国无人也。我瞻四方，戚戚靡所骋。途穷能无恸乎？孤鸟离兽，士不西走蜀，则南走吴耳。思亲友以写晤言，其孙登、叔夜之伦耶。

陈沆是把这首诗更加深求了。他说，"孤鸟西北飞，离兽东南下"这两句诗是写当时"士不西走蜀，则南走吴耳"，比喻在当时魏晋之交的时候，一些人不是向西投奔了蜀，就是向南依附了吴。他们都以为在曹魏这里是无所作为了，曹魏已经是落日西斜的时候了。我以为，陈沆的这种解释也可以作为一种参考，但反而把这首诗讲得支离破碎了。阮嗣宗本来的意思，可能就是这样一贯地写下来，以表达一种寂寥的感觉，然后用后面的两句诗加以总结。

"日暮思亲友，晤言用自写。"因为到处都没有人，所以，到了日暮黄昏的时候，黑夜之中就更加寂寞了，我就如此地怀念我的亲故友人了。"日暮思亲友"，我真是希望有这样一个亲戚、故旧，我能够跟他相见。"晤言"，《诗经》上常常用"晤言"两个字。"晤"当然是说相见。"言"字有时在《诗经》中当一个语助词，没有什么实在的意思。有的时候它当作谈话、言笑来讲。我们一般讲"晤言"就是相见谈笑的意思。阮嗣宗说，尤其是当日暮黄昏、四望苍茫的时候，我真是怀念亲友。没有一个人能够跟我晤对，跟我相言笑。"用"者，因此、因为、凭借的意思。就是借着谈笑，借着跟亲友的"晤言"谈笑而"自写"。"写"在这里并不是写字的意思，而是抒发、抒泄的意思。就是说，把我内心的一份感情抒泄出来。《诗经》的《小雅·蓼萧》篇中说："我心写兮。"朱熹的《诗集传》解释说"我心写兮"的"写"字就是"输写"。输写就是把它倾倒出来，把它表现、流露出来，把它发泄出来。所以，阮嗣宗说"晤言用自写"，我真是希望能够找到一个亲友，我们能够相对地晤谈、言笑。我借着这种谈话可以把我内心之中的一份悲哀抒泄出来。所以说，这一首诗通篇所写的是阮嗣宗的一份孤独、寂寞的感觉，表现出他对自己内心的一份寂寞、悲哀要求发泄出来的一种愿望。

北里多奇舞

> 北里多奇舞，濮上有微音。
> 轻薄闲游子，俯仰乍浮沉。
> 捷径从狭路，倜傥趣荒淫。
> 焉见王子乔，乘云翔邓林？
> 独有延年术，可以慰我心。

阮嗣宗的这首咏怀诗是写当时有一些人，耽于淫靡的歌舞享乐之中。"北里多奇舞，濮上有微音。""北里"，《史记》中《殷本纪》

记载：

> （纣）使师涓作新淫声，北里之舞，靡靡之乐。

从前，纣王曾经使一个会音乐的乐师叫作师涓，"作新淫声"，作一种新的非常淫靡的音乐曲子。"北里之舞"，同时，编排了一种舞蹈，叫作"北里之舞"。"靡靡之乐"，这种音乐曲子是非常萎靡的，表现一种淫邪的感情。"北里"还有另外一种解释，说"北里"是平康里。那是后世的孙棨的《北里志》上说的：

> 平康里，入北门，东回三曲，即诸妓所居之聚也。

孙棨说，"北里"这个地方就是一些歌妓、酒女、妓女所居住的地方，是她们"所居之聚也"。"聚"不是聚会的意思，是所居住的意思。总而言之，无论古今，"北里"是指一些淫邪的歌舞。所以说"北里多奇舞"，在北里这个地方有许多淫靡的舞蹈，"濮上有微音"，是写淫乱的音乐。《礼记》的《乐记》上记载说：

> 桑间濮上之音，亡国之音也。
> 注：濮水之上，地有桑间者。亡国之音，于此之水出也。昔殷纣使师延作靡靡之乐，已而自沉于濮水。后师涓过焉，夜闻而写之，为晋平公鼓之，是之谓也。桑间在濮阳南。

《礼记》中这段话的意思是说，桑间濮上的音乐是亡国的音乐。那么，什么样的乐曲叫"濮上之音"呢?《礼记》的注解上说:"濮水之上，地有桑间者。"就是说，在濮水的上游有一个地方叫作桑间，亡国的音乐就出在此水上游桑间附近的地方。怎么是从这里出现的呢?"昔殷纣使师延作靡靡之乐，已而自沉于濮水。后师涓过焉，夜闻而写之。"说从前商朝的纣王曾经叫一个乐师师延作靡靡的音乐。不久以后，商纣就灭亡了，师延就自沉于濮水，跳进濮水里自杀了。到了春秋的时候，有一个乐师叫师涓，他是卫灵公的乐师。有一天，师涓跟卫灵公到晋国去，他们经过濮水之上，半夜里听到了非常动听的乐曲，于是，师涓就把这动听的乐曲记录了下来。当卫灵公和师涓到了晋国以后，"为晋平公鼓之，是之谓也"。当时晋国的国君是晋平公，师涓就为晋平公弹奏了濮上的音乐。当时，晋平公也有一个很有名的乐师叫师旷。师旷就跟晋平公说，不要弹奏这样的音乐。晋平公就问师旷为什么，师旷说，这个乐曲是亡国的音乐。这个乐曲是从前纣王的乐师师延所作的音乐。师延为纣王作了这个音乐之后不久，商纣就灭亡了。所以说，这个濮上的音乐是亡国的音乐。纣王的乐师师延就死于濮水之中。后来，每当有乐师经过濮水之上的时候，师延的魂灵就显现，把他当年所作的那段乐曲弹奏出来，使经过这里的乐师听到这首乐曲。所以说，这首乐曲就是"亡国之音"。《礼记》上还记载着说，桑间这个地方就在濮阳的南边。古代所说的濮阳就在现在河南滑县东北的地方。

阮嗣宗这首诗说:"北里多奇舞，濮上有微音。"是说"北里"这个地方有很多淫靡的舞蹈，"濮上"这个地方有那种低低的、轻微的声音。因为，"濮上"所发出的声音是从前纣王的乐师师延的鬼魂所弹奏出来的隐约的、缥缈的、幽微的音乐。那么，这首诗说的是什么呢？有很多人认为，这首诗里所写的是曹魏当时的那个时代，有一些人耽溺于这种淫靡的歌舞生活之中。

"轻薄闲游子，俯仰乍浮沉。"有些轻薄的闲游子，他们的品性非常轻薄，是一些游手好闲、不务正业的年轻人。他们喜欢北里之舞，他们喜欢濮上之音，"俯仰乍浮沉"。什么叫"俯仰乍浮沉"呢？就是从俗俯仰，载浮载沉。这样的人，他们没有一定的人生观。他们人生所走的道路也没有一定的安排和理想，就是随俗浮沉，随俗俯仰。"俯仰"就是随随便便地生活的样子。"浮沉"者，好像在一个滔滔滚滚的洪流之中载浮载沉的样子。就是说，这些人在世俗之中过着非常淫靡，没有人生主见，没有人生目的，俯仰随意、乍浮乍沉的生活。

"捷径从狭路，僶俛趣荒淫。"这些轻薄闲游子，他们从来不务正业，他们"捷径从狭路"。他们不愿意走正当的道路，他们要走捷径，图方便、图便利、图迅速，走那邪曲的小路。凡是人希望速成，希望侥幸，不用正当的手段，不用正当的方法，而用一种投机取巧的手腕，都可以称之为所谓"捷径"。他们要"从狭路"，于是，他们就走最窄狭的、最不正当的、邪曲的道路。"狭"者，狭邪之意。"僶俛趣荒淫"，他们追求的是什么？是那荒淫的生活。"僶俛"两个字实在是勉强、努力的意思。《诗经》中《邶风·谷风》篇中说："黾勉同心，不宜有怒。"《经典释文》说，"黾勉"就是"僶勉"，"黾勉"就是勉力、努力去做的意思。"趣"同"趋"，就是所追求的。他们这些人所努力追求的是什么？是"荒淫"，是荒淫的生活。刚才我说过了，阮嗣宗这首诗是写当时的一些人只知道安于这种歌舞淫靡的享乐。清朝的曾国藩批评这首诗说：

> 前六句似讥邓飏、何晏之徒。后四句则自况之语。言虽不能避世高举，犹可全生远害耳。

曾国藩的意思是说，阮嗣宗的这首诗前六句好像是在讽刺当时的像邓飏、何晏这样的人。那么，邓飏、何晏是何等人呢？

邓飏是曹魏时期南阳地方的人。他在魏明帝的时候做过尚书郎，后来也做过中书郎。因为邓飏这个人生活非常浮华，曾经一度被贬斥。后来，到曹芳正始年间，邓飏曾经出为颍川的太守，又做过侍中、尚书。邓飏这个人"为人好货"（《三国志·魏书·桓范传》），喜欢财货，喜欢物质享乐。后来，因为司马懿说他是曹爽的羽党，被杀死了。

何晏，我想大家比较熟悉这个人。何晏非常注意外表的美丽，说是"动静粉白不去手"，他经常是装饰用品不离手边。"行步顾影"，他走路的时候还顾影自怜，人称"傅粉何郎"。何晏的容貌长得很美，他自己也很注重外表衣服修饰。后来，何晏也被司马懿杀死了。

可见，在当时魏晋之世，社会上是有一些人非常注重、追求物质上的享受，而且还非常注意外表的浮华。所以，清朝的曾国藩以为，这样的人物就是阮嗣宗这首诗中所指的人物，正是："北里多奇舞，濮上有微音。轻薄闲游子，俯仰乍浮沉。捷径从狭路，僻倪趣荒淫。"他们所贪求的是那物质上浮靡的享乐，他们人生所走的道路是邪曲、不正当的道路。所以，他们所趋向的是荒淫，他们所走的路是狭路。这就是当时社会上的一般显贵人物的生活。曾国藩说，这首诗的后四句就是阮嗣宗写他自己内心之中的另外一种向往，不是写"轻薄闲游子"，不是过这种"趣荒淫""从狭路"生活的人。

"焉见王子乔，乘云翔邓林？"这两句诗有两种解释。有人认为这两句诗是承接前面"闲游子"说下来的。意思是说，像你们这些闲游子弟们只知道"从狭路"，只知道"趣荒淫"，你们哪里能够了解，哪里能够懂得像那仙人王子乔"乘云翔邓林"的境界呢？

王子乔相传是古代的一个神仙。"乘云翔邓林"中的"邓林"是什么意思呢？在《山海经》的《海外北经》上记载：

> 夸父与日逐走，入日，渴欲得饮，饮于河渭；河渭不足，北饮大泽。未至，道渴而死，弃其杖，化为邓林。

大家都知道这个故事。说古代有一个人叫夸父。夸父这个人"与日逐走"，他跟太阳竞走，一直想追上太阳，他能追上太阳吗？他就口渴而死，他手中本来拿着一根手杖，当他死了以后，他的手杖就化为一片树林，这片树林叫作"邓林"。《列子》的《汤问》篇上说：

邓林弥广数千里焉。

说邓林这一片树林有几千里之广大。郝懿行的《山海经笺疏》以为"其地盖在北海外",说邓林这个地方在北海之外。这当然是一种神话传说了。夸父逐日,"乘云翔邓林",是写一种神仙的生活,写神仙的逍遥自在,遨游之广远。"乘云"是指神仙所乘驾的是云车,乘坐的是白云,飞翔在如此遥远的海外那邓林之上。阮嗣宗说仙人王子乔"乘云翔邓林",这见于《楚辞》。《楚辞》上说:

> 譬若王乔之乘云兮,载赤云而陵太清。(《文选·咏怀诗十七首》李善注引)

意思是说,像这个仙人王子乔可以乘着天上的云,到处遨游飞翔在太空之中。这是古人的一种想象。所以,清朝的何焯说:

> "焉见"云云,言轻薄闲游者不足以见之也。(《阮步兵咏怀诗注》引)

其意也是说这些轻薄闲游子哪里会懂得仙人王子乔的这种境界呢?

可是,也有人认为不是如此。那么,另外一种解释就是清朝曾国藩所说的"前六句似讥邓飏、何晏之徒"。曾国藩的这种说法刚才我已经引用过了。他说后四句呢?"后四句则自况之语。言虽不能避世高举,犹可全生远害耳。"曾国藩认为,后四句诗不是在说闲游子，是"自况"，是说自己了，是自比的话。那么，自比是什么意思呢？曾国藩以为"言虽不能避世高举，犹可全生远害耳"。虽然是神仙之事不可得，天下哪里有神仙？我怎么能找到像王子乔这样的人"乘云翔邓林"？那么，可见曾国藩的意思就同何焯的见解不同了。何焯说，轻薄闲游子不懂得王子乔的境界。曾国藩的意思是说，阮嗣宗自己知道不能够做到王子乔的境界，不能够避世高举，像王子乔那样"乘云翔邓林"是不可能做到的。我想，大家可以参照这两种不同的说法。

"独有延年术，可以慰我心。"像神仙一样的境界我虽然不能做到，但是，我至少可以保全我自己的生命，这一点总该可以做到了吧？所以，曾国藩说"虽不能避世高举，犹可全生远害耳"，或者我还可以保全我的生命，远离一些祸害就是了。"独有延年术"，只有这种保全生命的办法才是我所追求的，"可以慰我心"，可以安慰我自己内心的一份孤独和寂寞。

除了这两种说法以外，还有一种解释，就是清朝吴汝纶的说法。曾国藩的说法是说神仙不可得，他把"延年术"不讲作神仙，而讲作保全生命。吴汝纶的说法跟曾国藩不同，吴汝纶认为：

> 后四句倒语也。言生当乱世，独有求仙之一法，而仙人不可见也。（《阮步兵咏怀诗注》引）

按照吴汝纶的解释，是说"延年"是求神仙。他把"独有延年术，可以慰我心"倒过去解释，先说这两句，然后再说"焉见王子乔，乘云翔邓林"，意思是说，在这样危亡、淫乱的时代，只有这种神仙的方术，可以给我们一种安慰。如果天下真的有神仙，让我们能够超脱于这样危亡、淫乱的尘世，岂不是很好吗？然后，再倒过去讲上面的两句：可是，神仙有吗？"焉见王子乔，乘云翔邓林？"神仙又是没有的。如果按照吴汝纶的这种说法解释，就把这首诗解释得全然没有一点希望了，即：我唯一的安慰是求仙，而神仙之世是渺不可得的。于是，我便一点希望也没有了。在我们中国的古代诗歌中，诗人也往往有这样的笔法，就是先把最后的悲慨说出来，我们可以倒上去讲，说哪里有王子乔"乘云翔邓林"这样的事情？可是，我仍然向往着神仙的延年之术，以此来安慰自己。那么，这样讲就把阮嗣宗的寂寞、悲哀的心情讲得更深切了。

此外，还有清朝吴淇的说法。吴淇说：

> 以当时之事证之，如贾充之张水嬉以示夏统。盖闲游而趋荒淫者，岂知夏统乃乘云而翔之子乔哉？（《阮步兵咏怀诗注》引）

吴淇认为，如果以阮嗣宗当时所发生的一些事情来印证这首诗，我们就会发现，在当时有这样一些人物，比如说像贾充这个人，他曾经"张水嬉"，他曾经在水上摆设、陈列了很多歌舞享乐的种种陈设、嬉游，"以示夏统"，故意地把这种种繁华、美好的歌舞、宴游的享乐显示给夏统看。像贾充这种人，这种只知道歌舞、宴享、夸耀豪富的人，"盖闲游而趋荒淫者"，他们就是喜欢这种闲散的媟亵之游而走向荒淫之路的人。他虽然把这种种繁华歌舞、宴饮享乐展示给夏统看，然而，夏统并不动心。

那么，夏统是一个什么样的人呢？夏统是会稽永兴人。他小的时候，家里孤贫。他以孝顺著称，很多人都曾劝他出来仕宦，但夏统都不肯做官。有一次，因为他母亲生病了，夏统到都城给他母亲买药，当时，正是春天上巳佳节的时候，都城之中真是车水马龙，可是，夏统丝毫不注意这些冠盖京华的繁华富贵、享乐的事情。贾充曾经叫一些歌妓、酒女盛服绕船三匝。穿着非常美丽衣服的歌妓、酒女层层围绕着夏统所乘坐的船绕了三圈。而夏统呢？他危坐如故，仍然是正襟危坐，面不改色，丝毫也没有羡慕这种富丽享乐的样子，也丝毫没有为这些华服的美女而动情的表现。因此，后来贾充就说夏统"此吴儿是木人石心也"（《晋书·夏统传》）。因为夏统是吴地的人，他说，夏统这个吴地的人真好像是一个木头人，是石做的心肝，他对什么都不动心。有这样的享乐、有如此的美色在他眼前，而他居然不动心。这是历史上关于贾充和夏统的记载。

所以，清朝的吴淇就以为，"俚俛趣荒淫"指的就是贾充这些享乐的人。"焉见王子乔，乘云翔邓林"，"王子乔"指的是夏统这一类人。那些只知道趋向荒淫、宴饮享乐的人，哪里能够了解还有这样一种人，他们卓然高出于尘世之外，不羡慕一切富贵享乐，而有一份更高远的感情的操守呢？像神仙王子乔，乘着云霞遨游于天上，他们哪里了解这样的人呢？按照吴淇的说法，当时的时代有两种人物：一种人是喜欢看北里的奇舞，喜欢听濮上的靡靡的亡国音乐。他们是轻薄闲游的子弟，他们俯仰浮沉，随波逐流。他们所走的路是那些捷径、狭邪的小路，投机取巧的不正当的途径。他们所努力追求的只是荒淫、宴乐的享受。这样的人"焉见王子乔"？他们哪里能够像夏统这样的高洁地隐居的高士一样呢？另一种人就是夏统这样的高士，他们像神仙王子乔一样，高洁、远隐，不同乎流俗，乘着云霞翱翔在遥远的天地之外。关于"独有延年术，可以慰我心"这两句，吴淇没有加以解说。

综合、比较以上几种说法，我认为，应该是吴汝纶这样的说法更好。"焉见王子乔，乘云翔邓林？独有延年术，可以慰我心。"虽然没有神仙，而我仍然以为神仙是唯一可以安慰我的。就是说，以虚无的神仙自我安慰，那言外之意所表现的对现实生活的那种绝望、悲哀就更深了。所以，我倒是比较赞成吴汝纶的说法。

湛湛长江水

　　湛湛长江水，上有枫树林。

　　皋兰被径路，青骊逝骎骎。

　　远望令人悲，春气感我心。

　　三楚多秀士，朝云进荒淫。

　　朱华振芬芳，高蔡相追寻。

　　一为黄雀哀，涕下谁能禁？

这首诗也是阮嗣宗写得很好的一首诗。

"湛湛长江水，上有枫树林。""湛湛"两个字是水很深的样子。"湛湛长江水"，你看那滔滔滚滚如此悠长、如此之深的长江流水。苏东坡有一首词，说："大江东去，浪淘尽，千古风流人物。"（《念奴娇·赤壁怀古》）真是浩浩长江东逝水。"湛湛长江水"这五个字也是有出处的，出于《楚辞》的《招魂》篇：

　　湛湛江水兮上有枫，目极千里兮伤春心。

看一看那湛湛的江水，水边上有一片茂密的枫林。阮嗣宗这里也说："湛湛长江水，上有枫树林。"在那如此滔滔滚滚、悠远绵长的这样深、这样阔的江水的岸上面有一片非常茂盛的枫树林。这两句诗，我们从表面上看起来，只不过是写长江江边上远望的情景而已。除此之外，还有什么样的含义呢？刘履的《选诗补注》上说这首诗可能有另外更多的含义。刘履说：

　　按《通鉴》，正元元年，魏主芳幸平乐观。大将军司马师以其荒淫无度，亵近倡优，乃废为齐王，迁之河内，群臣送者皆为流涕。嗣宗此诗其亦哀齐王之废乎！盖不敢直陈游幸平乐之事，乃借楚地而言夫江水之上，草木春荣，其乘青骊驰骤而去，使人远望而悲念者，正以春气之能动人心也。彼三楚固多秀士，如宋玉之流，但以朝云荒淫之事导而过之，无有能匡辅之者。是其目前情赏，虽如朱华芬芳之可悦，至于一遭祸，则终身悔之，将何及哉？故以高蔡、黄雀之说终之，亦可谓明切

矣。(《阮步兵咏怀诗注》引)

我们先把这一段的历史简单地说明一下。根据《资治通鉴》的记载，在正元元年（254）的时候，曹魏的君主是曹芳。曹芳到平乐观去饮宴游乐。当时的大将军司马师就提出一种意见，他认为，曹芳作为君主真是荒淫无度，"亵近倡优"，非常亵慢，而且接近一些娼妓、优伶一类的人物。司马师就劝太后下诏，把曹芳给废了。当然，当时的曹芳也确实有这种"亵近倡优"荒淫游乐的行为，这是不可讳言的。而司马师之废曹芳也有另外的野心，这也同样是不可讳言的。所以，当他劝太后下诏把曹芳废掉之后，就"迁之河内"，他当然把曹芳从宫中赶走了，迁移到河内去。《资治通鉴》上说："群臣送者数十人，司马孚悲不自胜，余多流涕。"当时的文武臣子送曹芳，送皇帝离开皇宫到河内去，都流下泪来。"嗣宗此诗其亦哀齐王之废乎！"阮嗣宗的这首诗恐怕也是哀悼齐王芳那一次被废的事情吧！

为什么说这首诗里边所影射的是曹芳被废的事情呢？这首诗说的是曹芳耽于饮宴游乐的事情。"乃借楚地而言夫江水之上，草木春荣"，他就借着楚地，以楚地来假借，当作借喻，来比兴寄托。在楚地的江水之上，草木春荣。"其乘青骊驰骤而去，使人远望而悲念者"，有人骑着那青骊的马，跑得很快，就消失了，使人向远方望起来而非常悲哀，非常怀念。这里，刘履说得很含混，是什么人骑着青骊的马驰骤而去呢？刘履没有明指。关于"青骊"，当然是指青色的马。有人认为，骑着青骊的马驰骋是指当时曹芳那种饮宴、荒淫的行为；也有人认为，这并不是指曹芳荒淫、宴乐，青骊马的消失是表示光阴消逝之迅速。总而言之，这首诗他们认为，"湛湛长江水，上有枫树林"是一个比喻，以楚国的地方起兴，以楚王比曹魏的君主曹芳。

当时楚王手下有一个臣子是宋玉。宋玉擅长写赋，他的赋里边曾经写到"高唐神女"的故事。宋玉说，这位神女是"旦为朝云，暮为行雨"（《高唐赋》）。按照刘履的意思是说，像宋玉这些人辅佐楚王，而他所作的文章只是这种"旦为朝云，暮为行雨"，只是写神女的荒淫故事，而没有以正义辅佐君主，只是带领君主去做一些荒淫、宴乐的事情。

"皋兰被径路，青骊逝骎骎。"阮嗣宗说，在这条来往的路上已经长满了皋兰，是在那潮湿、低凹的皋泽之地。"皋兰"是指皋泽之地所生长的一种植物，如香草、兰卉之类的植物。"被径路"的"被"字是说遮蔽了、覆盖了。就是说皋兰已经长得很茂盛，把路都遮蔽了。"青骊逝骎骎"，可以看到有一个人骑着青色的马，"骎骎"是马跑得很快的样子，就这样很快地消逝了。有人认为，"皋兰被径路"所指的是小人妨碍了君子之途，使君子之途不畅通了。也有人认为"青骊逝骎骎"指的是曹芳耽于游宴、享乐的行为。总之，这几句诗是有所托喻的。

"远望令人悲，春气感我心。"当我站在江边上远望的时候，那一份荒凉、寂寞的情景，光阴消逝如此之迅速，真是让人内心如此悲哀。"春气感我心"，又到春天了，春天是让人感动的季节。所以"春女善怀，秋士易感"。我们看到那时节的推移，春天的来临，草木的发生，使人有种种的触发和感动。因此说，"远望令人悲，春气感我心"。

"三楚多秀士，朝云进荒淫。""三楚"是指三楚之地。《汉书注》上这样说：

> 旧名江陵为南楚，吴为东楚，彭城为西楚。(《汉书·高帝纪上》)

《文选》李周翰的注解上说：

> 楚文王都郢，昭王都鄂，考烈王都寿春。

关于"三楚"有这两种解释。总而言之，"三楚"是指楚国的地方。像"三楚"这个地方本来是有很多才智秀美的人。"秀士"者，文采秀出的人物，比如像楚地作者宋玉这些人。"朝云进荒淫"，"朝云"出于宋玉的《高唐赋》。《高唐赋》上说：

> 昔者先王尝游高唐，怠而昼寝，梦见一妇人曰："妾巫山之女也，为高唐之客，闻君游高唐，愿荐枕席。"王因幸之，去而辞曰："妾在巫山之阳，高丘之阻。旦为朝云，暮为行雨，朝朝暮暮，阳台之下。"

从前襄王曾经梦游高唐，梦见有一个妇人。妇人说，我就住在巫山的山阳。"山阳"是说山的南面。妇人说，我就住在那高丘险阻的山上。早晨的时候，我就化身为云，晚上的时候，我就化身为雨。朝朝暮暮来往在阳台的下面。阮嗣宗说，宋玉的这一篇《高唐赋》是一篇荒淫之赋，是一篇以女色而导入荒淫之赋。当然，关于这一篇《高唐赋》也有很多的解说。阮嗣宗在这首诗中所说的是"朝云进荒淫"，就是说《高唐赋》所写的这个女孩子"且为朝云，暮为行雨"，是一篇叫人荒淫的赋，是一篇以美女诱人走向荒淫的赋。说"三楚"这里有如此美好的才秀俊美之士，而这些人，他们为什么不带领国君走向一个正当的路径，而只是向国君说这样一些荒淫的话，来诱导国君走向荒淫之路呢？

我在开始讲阮嗣宗的咏怀诗之前，就曾经说过，阮嗣宗的咏怀诗真是"言在耳目之内，情寄八荒之表"，是"百世而下，难以情测"。这是前人对阮嗣宗咏怀诗的评语。

现在，我们来看一看阮嗣宗在这首诗中所写的这些风景事物，好像也是在现实的景物之中常常看到的，是"言在耳目之内"的。可是，阮嗣宗所写的并不是这些表面的景物而已，而有更多、更深的含义，是"情寄八荒之表"。那么，他所含的含义究竟是什么呢？"百世而下，难以情测"，我们千百代以下的人，真是难以用感情来推测。因为阮嗣宗生当那魏晋之间的一个时代，常常担心有杀身之祸，他内心之中有很多悲慨，有很多忧愤，都没有办法，不敢明白地说出来。因此，实在是难以推测，很难加以解说。这首诗也是非常难以解说的一首诗。"湛湛长江水，上有枫树林。皋兰被径路，青骊逝骎骎。远望令人悲，春气感我心"，这几句诗我们从外表的字句上讲，是写楚地的景物。可是，我们光从外表上讲是不够的。阮嗣宗的这几句诗实在都是有出处的。他实在用的是《楚辞》里边宋玉的《招魂》中的一些句子。我刚才曾经引用过《招魂》的句子，《招魂》中说：

> 湛湛江水兮上有枫，目极千里兮伤春心。

《楚辞》王逸的注解解释这两句诗说：

> 言湛湛江水浸润枫木，使之茂盛。伤己不蒙君惠而身放弃，曾不若树木得其所也。

王逸认为，这样深湛的滚滚滔滔的江水，它的水气浸润到江边上的枫树，就使得枫树长得如此之茂盛。那么，王逸的这种解释是什么意思呢？王逸又解释说，这是一种比喻，枫树得到江水的润泽，长得这样茂盛。可是，有些臣子，他们没有蒙受到君主的任用、知遇，反而被放弃了，那么，这些臣子还比不上一棵树。枫树真是生得其所，能够生长在这样一个好地方，得到江水的滋润，长得枝繁叶茂；而有些臣子真是生不逢辰，没有能够遇到一个美好的时代，也没有遇到一个美好的君主。我认为，阮嗣宗这首诗用了《招魂》中的这两句的典故，很可能也同时用了《招魂》中的这一份意思。他不但是写了外界的景物，同时也隐含有一份不得知遇、不得任用、生不逢辰的悲哀。

那么，"皋兰被径路，青骊逝骎骎"，在《楚辞》宋玉的《招魂》中是什么意思呢？《招魂》中有这样一句诗："皋兰被径兮斯路渐。"王逸的注解说：

> 渐，没也。言泽中香草茂盛，覆被径路，人无采取者，水卒增溢，渐没其道，将至弃捐也。

王逸以为，"渐"，就是没，遮盖的意思。"泽"就是所谓皋泽、潮湿的地方。那泽中的香草，像兰蕙长得非常茂盛，遮盖了人来往的小路，没有人采摘这些皋兰，水就慢慢地涨高了，把路给淹没了。按照王逸的说法，皋兰长得满路，本来可以采择，可是，路被水给淹没了，所以，皋兰也没有人采了，路上也没有人经过了，这条路是如此之荒凉了。"皋兰被径路"，这句诗应该是说贤才不被任用，反而被弃捐了。

"青骊逝骎骎"是什么意思呢？宋玉的《招魂》也有这样一句："青骊结驷兮齐千乘。""青骊"是青黑色的马。"结驷"的意思是说四匹马驾一辆车。"齐千乘"是说非常整齐地有千辆车。王逸的注解说：

> 言屈原尝与君俱猎于此，官属齐驾骊马，或青或黑，连千乘，皆同服也。

说屈原还没有被放逐的时候，曾经跟楚国的国君楚王一同在江边上狩猎。当时，有许多侍从官属，他们都驾驷马的马车，有青色的马，有黑色的马，有一千辆之多。按照王逸的注解，我们就不能泛泛地把阮嗣宗的这句诗解释为光阴之迅速了。一般人形容光阴流逝之快，常常说"白驹过隙"，白驹也是指马，也未始不能以马跑得快来形容光阴消逝的迅速。可是，我们看这首诗的"湛湛长江水，上有枫树林。皋兰被径路，青骊逝骎骎"都是出于宋玉的《招魂》原文，我们当然还是以《招魂》的意思来解释为好。因为，阮嗣宗接连用了这么多《招魂》的句子，应该不是偶然的，也不是泛泛地这样用。那么，"青骊逝骎骎"是什么意思呢？是说当年的屈原曾经与楚王在一起田猎，而今日的屈原已经被放逐了。意思是感慨忠臣之被放逐，以及楚国之走向衰亡之途。

可是，我上面曾经说过，刘履的《选诗补注》上说，这首诗阮嗣宗的意思是哀悼齐王芳之被废。说齐王芳不能够任用贤臣，所以后来终于被废了。如果按照刘履的另外一个意思来说，认为是曹芳耽溺宴乐，喜欢游宴享乐，以此把"青骊逝骎骎"解释成形容田猎、游乐之盛也是可以的。因为《招魂》中的"青骊结驷兮齐千乘"就是写当时楚王游猎之盛的。

关于阮嗣宗的这几句诗，有很多种不同的解释，所以，我们就把这种种解释都介绍给大家。阮嗣宗的诗真是托意深远，"百世而下，难以情测"。究竟哪种解释好，仁者见之谓之仁，智者见之谓之智。

如果按照刘履的说法，写曹芳耽于游乐而不能任用贤臣，所以"远望令人悲，春气感我心"。当我向远方张望的时候，看见那江水，看见那枫林，看见那皋兰遮蔽了径路，看见那驰骋奔驰的或青或黑的千乘的车马，"远望令人悲"了。因为君王不能任用贤臣，而如此地耽于宴乐，当然是令人心悲的，当然是让这些有心有志之士内心充满了忧愤的悲哀了。"春气感我心"，春天是一切生命成长的季节，人类在春天的感慨是最多的。看到春天草木的发生而想到人的生不逢辰，看到春天草木之欣欣向荣、各得其所，想到多少贤臣的放逐失意，当然是"春气感我心"。纵使我们不从这样深的比兴寄托来解释，只是春天的一份景物也够使人悲哀的了。像杜甫所说的："国破山河在，城春草木深。感时花溅泪，恨别鸟惊心。"（《春望》）这个城又到春天了，草木又开始茂盛起来了，可是国家、时代呢？在草木茂盛的对比之下，那国家的黑暗、时代的危乱的一份悲哀，也已是不言而喻了。所以，在这危乱的时代，一切的花草、虫鸟都会使我们感动，都会使我们悲哀。所以，阮嗣宗说："远望令人悲，春气感我心。"

"三楚多秀士，朝云进荒淫。朱华振芬芳，高蔡相追寻。一为黄雀哀，涕下谁能禁？"如果说这首诗前面几句是以景物起兴，以长江水、枫树林起兴，那么，后面的诗句就是真的在感慨当时的时事，就更明显、更激切了。"三楚多秀士，朝云进荒淫。"阮嗣宗本来是用《招魂》的字句写的这首诗，背景本来就是楚地、楚国。他说，楚国这里本来有很多有文采的才秀之士，像屈原、宋玉岂不是楚人吗？可是，三楚的秀士有人写作出来的作品却是一些荒淫的作品，像宋玉不是就曾经写过《高唐赋》《神女赋》吗？我前面曾经引了《高唐赋》中神女的故事，她是"且为朝云，暮为行雨"。在

《高唐赋》后面，宋玉也表达了一些讽谏、喻托的意思，可是，大半部分内容都是写神女的故事。有很多人解释这一类辞赋认为，像汉赋中的《羽猎赋》写君王的田猎之盛，其中也有几句讽谏的意思，劝说君王不要耽于游宴逸乐，然而，《羽猎赋》中却有大段铺陈写田猎的盛丽美好。虽然《高唐赋》里也有几句讽谏的意思，可是，其中绝大部分篇幅都是写神女的故事，尤其是《神女赋》中主要是写这个女孩子如何之美妙。所以说，像这样的作品纵使它有一两句讽谏的意思，而其中大部分内容是在写逸乐、荒淫。这就如同一些小说、电影，它也许有一点点讽刺的作用，然而，大部分篇幅是表现那种邪恶、淫乱的生活，给人们以很不良的影响。所以，现在阮嗣宗就用这样的诗句来说宋玉的赋，是"朝云进荒淫"，说三楚有很多才秀之士，可是，他们所进献给楚王的是什么？是那朝云暮雨的高唐神女的赋，那是荒淫的赋，是"朝云进荒淫"。这里，阮嗣宗用典故，只是断章取义，因为他本来是不是就真的荒淫，并不是阮嗣宗所要写的，阮嗣宗是用此来作比喻，写当时曹魏的那个时代。清朝的蒋师爚看到阮嗣宗的这首诗就说：

> 按《曹爽传》有南阳何晏、邓飏，沛国丁谧。晏乃进之孙，飏乃禹后。《后汉·何进传》，南阳宛人。《邓禹传》，南阳新野人。是皆楚士，皆进自爽。（《阮步兵咏怀诗注》引）

蒋师爚所说的《曹爽传》就是《三国志》的《曹爽传》。《曹爽传》里所记载的一些人物，有南阳的何晏、邓飏和沛国的丁谧。何晏是何进的孙子，邓飏是邓禹的后代。我们根据《后汉书》的《何进传》中的记载，何进是南阳宛这个地方的人。根据《邓禹传》的记载，邓禹是南阳新野这个地方的人。南阳的"宛"跟"新野"都属于从前的楚地。如此说来，何进跟邓禹都是南阳人，都是楚人。何进、邓禹的子孙，也就是当时的何晏跟邓飏这些人当然也应该是楚人了。他们当时喜欢奢靡，喜欢淫乐，所以，阮嗣宗说："三楚多秀士，朝云进荒淫。"楚地本来应该有许多才秀之士，可是，曹爽所亲近、任用的一些人，像何晏，像邓飏都是荒淫的人。

我以前曾经说过何晏跟邓飏是荒淫的人。在前面讲《北里多奇舞》这首诗的时候就曾经提到，"轻薄闲游子，俯仰乍浮沉。捷径从狭路，僶俛趣荒淫"指的是谁？曾国藩说，所谓"僶俛趣荒淫"指的是何晏、邓飏这些人。现在，蒋师爚认为，"三楚多秀士，朝云进荒淫"指的还是何晏、邓飏这些人。所以说，"朝云进荒淫"所进用的是些朝云暮雨的高唐神女这样荒淫的人，并不是指的宋玉，并不是说宋玉真的就荒淫，阮嗣宗不过是断章取义罢了，用他来指代何晏、邓飏这些人物。

下面，阮嗣宗感慨的意思是写得很明白的。

"朱华振芬芳，高蔡相追寻。""朱华振芬芳"很容易懂，"朱华"者就是红色的花。所谓"振"者，就是发散出来的意思。他说，有红色的花朵发散出来这样芬芳的香气。这一句比喻的是什么呢？是比喻的那兴盛美好的日子。你表面上看起来，像曹魏的曹芳耽于荒淫、享乐，当然是因为他有能力去荒淫享乐。表面上看起来好像是歌舞兴盛，可是，就因为如此逸乐，招致了祸患败亡的结果，于是说，"高蔡相追寻。一为黄雀哀，涕下谁能禁?""高蔡相追寻"是什么意思呢?"高蔡"就是蔡，楚的一个地名。《战国策》中《楚策》上记载着这样一件事，因为楚襄王耽于逸乐，后来秦发兵来攻打楚，楚就败了，失去了很多地方。所以，庄辛就谏劝楚襄王说：

> 郢都必危矣。……王独不见夫蜻蛉乎?……蜻蛉其小者也，黄雀因是以。俯啄白粒，仰栖茂树，鼓翅奋翼，自以为无患，与人无争也。不知夫公子王孙，左挟弹，右摄丸，将加己乎十仞之上，以其颈为招，昼游乎茂树，夕调乎酸咸，倏忽之间，坠于公子之手。……夫黄鹄其小者也，蔡灵侯之事因是以。南游乎高陂，北陵乎巫山，饮茹溪之流，食湘波之鱼，左抱幼妾，右拥嬖女，与之驰骋乎高蔡之中，而不以国家为事。不知夫子发方受命乎宣王，系己以朱丝而见之也。

庄辛说："郢都必危矣。""郢"就是楚国的国都。他说，楚王您如果再这样地耽于荒淫宴乐的事情，我们的郢都就危险了。您自己以为现在的游宴很快乐，可是，您不知道将要有危险了，像那黄雀鸟一样。您没有看见黄雀鸟吗?它低下头来可以吃到白色的米粒，它扬起头向上飞，可以栖息在丰茂的树木上。它张开翅膀，奋起它的羽翼，它自己以为非常得意。它以为没有人可以伤害它，与人无争。然而，它不知道也没有想到有一些公子王孙，他们出来打猎，左手挟着弹弓，右手拿着弹丸，就以这个黄雀的脖子、它的头颈当作他们射弹丸的一个目标。所以，这个黄雀鸟它早晨的时候还遨游在那丰茂的树林之中，到晚上的时候，就调了酸咸了。调了酸咸是什么意思呢？是说它被那些王孙公子给射中了，而且把它烹食了，用酸咸的食物的佐料把它烹熟了，吃掉了。他说，黄雀鸟还是一个小小的事情，蔡灵侯也是这样的。蔡灵侯怎么样呢？蔡灵侯也是耽于宴乐。他南去要游高陂的地方，北去要游巫山的地方。"陵"就是登临的意思。"陵巫山"就是上到巫山的上面去，写这种遨游的自由。他要饮茹溪的水流，要吃湘水波中那鲜美的鱼。左边看到那么年轻的姬妾，右边拥抱着他如此宠爱的女子。他们常常驰骋射猎在高蔡之中。他们不关心国家的政事，"不知夫子发方受命乎宣王，系己以朱丝而见之也"。他说，蔡灵侯不知道楚国一个叫子发的大夫已经受命于楚国的宣王，就要把蔡灵侯俘虏了，把他用朱丝绳囚系起来，带他去见楚王了。这里，庄辛所用的两个比喻就是说，黄雀鸟耽于逸乐，不知道有公子王孙来伤害它；蔡灵侯耽于逸乐，不知道楚国将要派一个大夫子发来攻打他。那么，现在呢？楚襄王也耽于逸乐，不知道秦国将要派军队来攻打他，他就危险了。当年曹魏的曹芳也是耽于逸乐，不知道司马氏父子正有窥窃篡魏的野心。所以，他只知道"朱华振芬芳"，他只知道眼前的这种浮沉享乐，这样的兴盛繁华。"高蔡相追寻"，在高蔡这里驰骋、来往，这样射猎、游宴、享乐。可是，有一天，"一为黄雀哀"了，一下就发生了像黄雀这样的悲哀。当他遨游、欢欣、快乐的时候，他被公子王孙偷偷地用弹弓打死了，跌落了，"昼游茂树，夕调酸咸"了。有一天，曹魏耽于宴乐的君主，他的国家被人篡夺了，那时候就无法再挽回了。"涕下谁能禁？"我只要想到这些事情可能发生，一想到宴乐之后所隐藏的那一份败亡的危险，真是"涕下谁能禁"！我流下满衣襟的泪水，谁能够止住呢？"涕下"是涕泪交流地流下来。"禁"应该念平声，因为这首诗押韵是押的平声韵，然而，它的意思是禁止。真是涕泪交流地流下来，谁能够忍得住，谁能够把泪忍住呢？可见，这首诗是阮嗣宗写得非常悲哀的一首诗，非常沉痛的一首诗，真是预先就看到了曹魏败亡的危险了。"一为黄雀哀，涕下谁能禁？"这结尾的两句诗结得非常有力量，非常沉痛。

现在，我们把阮嗣宗的咏怀诗结束了。我以前曾经说过，阮嗣宗的咏怀诗在魏晋之间可以说是最好的作品。虽然嵇康和阮嗣宗并称于文坛、诗坛，可是，如果说到诗的含蕴、寄托的深切，嵇康实在是比不上阮嗣宗。嵇康只是在诗的气势上表现得非常劲直，非常清峻，非常激切而已，而如果以情意的深厚来说，还是阮嗣宗的诗寓托深远。